에르고스테롤

파란시선 0016 에르고스테롤

1판 1쇄 펴낸날 2017년 11월 10일
1판 3쇄 펴낸날 2018년 12월 10일
지은이 박순원
펴낸이 채상우
디자인 최선영
펴낸곳 (주)함께하는출판그룹파란
등록번호 제2015-000068호
등록일자 2015년 9월 15일
주소 (10387) 경기도 고양시 일산서구 중앙로 1455 대우시티프라자 B1 202호
전화 031-919-4288
팩스 031-919-4287
모바일팩스 0504-441-3439
이메일 bookparan2015@hanmail.net

ⓒ박순원, 2017, printed in Seoul, Korea

ISBN 979-11-87756-11-8 04810
    979-11-956331-0-4 04810 (세트)

값 10,000원

에르고스테롤

박순원 시집

나트륨 때문이다
나트륨 섭취를 줄이면
곧 좋아질 것이다

차례

시인의 말

제1부

녹색당   13

밝은 달은 우리 가슴 일편단심   14

따라서   17

비약 삐약삐약   18

일곱 시간   20

컬러 TV 시대가 열렸는데   21

금년에 봄은 어떻게 왔는가?   24

나는 거듭거듭   26

애국가를 들을 때마다   28

언젠간 가겠지 푸르른 이 청춘   29

욕실에서   32

제2부

나에게는 일장일단이 있다   35

스테인레스 스틸   36

어디쯤 가고 있을까   38

지구는 둥그니까   40

영화를 보았을 뿐인데   41

두텁게 두텁게   42

가죽   44

부탁   45

바울의 청바지   46

토끼풀   48

바다 5   49

튤립   50

톨   51

기타 등등   52

惡-樂   53

포동포동   54

제3부

양떼구름   59

나는 새록새록   60

깨달음을 얻었을 때   61

임직원 일동   62

믿음이 약한 자들   63

호모 사피엔스 사피엔스   64

어쩌다 마주친   66

비유   68

돼지   70

일송정 푸른 솔   71

플라스틱   72

오, 징어 징어   73

병아리 떼 종종종   74

ㄹ   75

제4부

파산   79

배꼽   80

각본도 연출도 없이   82

김수영 시를 보고   83

이른 아침   84

나는 브르통이 아니지만   85

나는 바로   86

부처님 오신 날   88

저 순해 빠진 기쁨과는 다른 어떤 것   89

시 쓰는 노예   90

나는 한때   92

자꾸만 바라보면 미워지겠지   93

달라이 낙타   94

눈·비   95

해설

장철환 일상의 분발과 불발된 침묵   96

제1부

녹색당

　분홍당 나는 분홍 빛깔로 당을 만들겠다 온 세상을 녹색으로 물들이려는 세력들을 저지하겠다 분홍 빛깔 당을 만들겠다 분홍이라면 귀천을 가리지 않고 함께하겠다 검은 색깔 또는 다른 색깔이 더러더러 섞인 분홍이라도 다 받아 주겠다 연분홍 꽃분홍 진분홍 우리는 분홍만큼 누리고 분홍만큼 참여하겠다 분홍의 몫을 주장하겠다 활짝 피고 분분분 날리기도 하고 우리 대표를 정치판으로 보내 노래 부르고 춤추고 비틀거리겠다 어여쁘고 가냘프고 소심하고 수줍은 정관을 작성하고 지조도 의리도 신념도 개념도 없는 당원들과 닐리리야 전당대회를 대회장 한가운데에서는 연분홍 치마 미친년이 널을 뛰고 미국에서 핑크빛무드를 초청하고 의석 딱 한 개를 확보해서 녹색 의사당한 귀퉁이에 하늘하늘 분홍 점 하나

밝은 달은 우리 가슴 일편단심

1

일제시대 태어났더라면 나는 친일을 했을 것이다 아니 친일할 기회가 없어서 기회가 오기만을 기다렸을 것이다 어떻게 하면 출세를 할 수 있을까 어떻게 하면 돈을 벌 수 있을까 일본 사람한테 잘 보여 한몫 잡을 수 없을까 아니면 일본 사람한테 잘 보여 한몫 잡은 사람한테 잘 보여 조그만 몫이라도 챙길 수 없을까 일본이 망하리라고는 꿈에도 생각하지 못했을 것이다 지하에서 은밀히 떠도는 독립운동 독립투사 임시정부 이야기 따위야 현실감 없는 먼 나라 딴 나라 이야기로 귓등으로 흘리며 현실에 충실하고자 했을 것이다 총독부에 다니는 사람 은행에 다니는 사람들을 부러워했을 것이다 일본어가 유창하지 못해서 스트레스를 받았을 것이다 자동차를 타 보고 싶었을 것이다 청요리를 먹고 싶었을 것이다 신사참배하러 가는 긴 줄 속에 있었을 것이다

2

여기는 무궁화 삼천리

화려강산 나는 한밤중에
카드를 긋는다 내리긋는다
남산 위의 저 소나무가
철갑을 두른 듯 나를
지켜 줄 것이다 내일 아침에도
바람 소리는 불변할 것이다
한밤중에 나는 카드를 긋고
찌릭찌릭 혓바닥처럼 올라오는
계산서에 날아갈 듯 사인을 하고
마지막 장을 떼어 꼬깃꼬깃
호주머니에 쑤셔 넣고 택시를
잡아탄다 무궁화 삼천리 화려강산
나는 택시를 타고 강남으로
갔다가 다른 택시로 갈아타고
청주로 간다 통행료 만 원은
현찰로 내고 택시비 십이만 원은
또 카드로 긋는다 별일
없을 것이다 대한 사람 대한으로
이 정도쯤이야 음냐음냐
한동안만 죽은 듯이 살면

대한 사람이 대한에서
무궁화 삼천리
화려강산에서

따라서

따라서 따라서 따라서 따라서를 반복하며 따라서를 따라 나는 가로수를 따라 걷고 횡단보도를 따라 길을 걷는다 따라서 나는 사람이다 따라서 너는 강아지이고 따라서 나는 너를 사랑한다 따라서 별빛이 다다르고 따라서 귀뚜라미가 운다 따라서 토마토가 붉게 익고 어미 소가 송아지를 낳는다 따라서 어떤 사람은 십 년 형을 어떤 사람은 집행유예를 선고받는다 따라서 그러므로 고로 ∴ 함께 따라다니는 말씀을 따라 인정을 따라 법과 율을 따라 핏줄을 따라 따라서 새끼가 어미를 따라 따라서 나는 만 원짜리 한 장을 주고 삼천오백 원을 거슬러 받는다 따라서 천 하루 밤의 긴 이야기가 펼쳐지고 따라서 세상이 잠잠해지고 따라서 평화유지군이 창설되고 따라서 사랑이 싹트고 모래알이 싹트고 따라서 고래 사냥이 금지되고 따라서 쑥부쟁이가 멸종 위기에 처하고 따라서 재난 지역이 선포되고 지구의 자전을 따라서 공전을 따라서 밤낮이 계절이 천 년 후에도 만년 후에도

비약 삐약삐약

나의 알량한 지식은 목숨을 건 비약을 통해 강의가 된
다 나의 맥 빠진 강의는 또다시 목숨을 건 비약을 통해 상
품이 된다 한 시간에 삼만팔천 원 또는 사만오천 원 운이
좋으면 육만이천 원 도라지가 복숭아가 토마토가 이웃끼
리 나눠 먹던

토란이 연근이 감자 고구마가 상품이 되듯이 사과 배
대추 밤이 얌전하게 포장이 되듯이 고등어가 참치가 통조
림이 되듯이 조금 전까지 살아서 헤엄치던 광어 농어 우
럭이 목숨을 내려놓고 사만오천 원 회 한 접시가 되듯이

철광석이 목숨을 걸고 쇳덩어리로 쇳덩어리가 목숨을
걸고 강철판으로 강철판이 목숨을 걸고 자동차로 변신하
듯이 나의 감성과 느낌과 헛소리가

시가 되기도 한다 역시 목숨을 건 비약이다 그 시들이
원고료가 되고 시집으로 묶여 한 권에 팔천 원 구천 원 또
다시 비약한다 상품이 되어 진열된다 나는 가끔

내 시집을 내 돈을 주고 사기도 한다

처갓집도 외갓집도 고향의 맛도 놀부도 원할머니도 이미 목숨을 걸었다 청춘도 우정도 낭만도 목숨을 건다 어머니의 정성도 손길도 외할머니 할머니 이모 삼촌 이웃사촌 힐링 힐링 아빠의 사랑 쌀국수 떡라면 만두라면 비약만 하면 비약만 할 수 있다면

일곱 시간

　내가 일곱 시간이라고 말하는 순간 분명 오해하는 사람들이 있을 것이다 당신이 생각하는 그 일곱 시간은 내가 말하는 일곱 시간이 아니다 나는 뒤집어엎고 탈탈 털어 봐야 순수 시인이다 순수한 시인이다 알레고리는 정말 끔찍하다 풍자도 마찬가지다 나는 어떤 의미 따위 시대정신 따위에는 전혀 관심이 없다 세상이 어떻게 돌아가는지 누가 밥은 먹고 사는지 어느 나라에 핵폭탄이 몇 개 있는지 따위 중국 수상이 누구인지 올해 프로야구는 누가 우승했는지 아무것도 모른다 모르고 싶다 나는 분침이 일곱 바퀴를 돌아간 순수한 일곱 시간 영원불멸의 일곱 시간이 있을 것이라고 생각하고 말로 표현할 수 없는 장미 백합이 활짝 피었다 오므라들고 널어놓은 빨래에서 서서히 물기가 증발하는 아무 뜻도 없이 그냥 지나가는 일곱 시간에 대해서 말하고 있는 것이다 과연 아무 뜻도 없는 일곱 시간이 존재한단 말인가 그래서 순수 시인이 힘든 것이다 단어가 지닌 의미를 소거하고 소거하고 소거해서 시를 음악처럼 비처럼 만들 것 남들이 충분히 오해할 만한 소지가 있는 일곱 시간에 대해서도 그냥 일곱 시간일 뿐이라고 말하는 것

컬러 TV 시대가 열렸는데

교복 자율화 두발 자율화 시대가 열렸는데 매월 첫째 주 월요일에는 교련 조회를 했다 열병 분열 우리는 얼룩덜룩한 교련복에 각반을 차고 요대를 하고 교모의 턱 끈을 길게 늘여 턱에 걸치고 키 큰 친구들은 앞에 작은 친구들은 뒤에 순서대로 오와 열을 맞추어 정렬했다 나는 맨 뒤에 서 있었다 각 반에는 향도가 있었고 기수가 있었다 반장이 소대장이었다 연대장이 받들엇총 구령을 붙이면 받들 총이 없는 우리는 맨손으로 추웅성 경례를 했다 밴드부가 빰빠라빰빠빰빠바밤 군악대처럼 연주를 하고 운동모자를 쓰신 교장 선생님도 엉거주춤 거수경례를 하셨다 교단 아래 도열하신 선생님들도 거수경례를 하셨다 스커트를 입고 나온 여자 선생님은 계면쩍게 먼 산을 쳐다보셨다 다음은 분열

우리는 줄을 지어 행진하며 교단 앞을 지날 때 우로봣 구령에 맞추어 고개를 오른쪽으로 돌렸다 맨 오른쪽 줄은 그냥 똑바로 앞을 쳐다보고 걸었다 나는 고개를 오른쪽으로 돌리는 것이 어떻게 인사가 되고 경례가 되는지 아직도 이해가 되지 않는다

교련은 일주일에 두 시간씩 있었다 우리는 플라스틱 총으로 제식훈련도 하고 앞엣총 우로어깻총 좌로어깻총 세웟총 차렷총 쉬엇총 총검술도 배웠다 찔러 길게찔러 때려 비켜우로찔러 비켜우로베고찔러 돌려쳐 막고돌려차 우리 반에는 방위를 제대하고 뒤늦게 진학한 동천이 형이 있었다 숙달된 조교였다 숙달된 조교는 시범만 보이면 땡이었다 동천이 형은 이가 고르지 않아 웃으면 무척 촌스러웠는데 그 형이 있어서 우리 반은 선배들이 함부로 하지 못했다 교련 선생님은 두 분이었다 한 분은 한국전 때 대구까지 피난 갔다 덩치가 커서 열여섯 어린 나이에 군대에 끌려갔다 대위까지 진급하신 역전의 용사 또 한 분도 육군 보병학교 출신으로 베트남전에 참전하신 역전의 용사 두 분 다 하루에 몇 번씩 전투화를 신었다 벗었다 하는 것이 얼마나 고역인 줄 아느냐고 투덜투덜

생물 선생님이 교무주임이셨다 시험 시간에 민방위 훈련이 걸렸는데 어쩔 줄을 모르고 우왕좌왕하다가 민방위 훈련과 시험 시간이 겹치게 시간을 짠 스스로를 원망하며 이게 웬 개지랄이냐고 짜증스럽게 혼잣말로 중얼거렸는데 그 말이 가느다란 바람을 타고 흘러흘러 흘러흘러 컬

러 TV 시대가 열리고 TBC는 KBS와 합병되고

대마초 출연 정지에서 풀린 조용필이 '창밖의 여자' '단발머리'로 가요계를 휩쓸고 강변가요제 이선희 대학가요제 이용이 새로운 돌풍을 일으키고 우리는 두발 자율화는 됐는데 교복 자율화는 다음 해부터 한다고 시키면 교복에 머리는 산발을 하고

금년에 봄은 어떻게 왔는가?

야로밀, 요즘 내가 읽는
소설의 주인공이다 체코 아이다
금년에 봄은 어떻게 왔는가?
그 아이의 작문 숙제 제목이다
뭐라고 썼을까? 곱상하고
자만심이 강해 왕따를 당하던 그
아이는 뭐라고 했을까? 작문
선생님은 왜 이런 숙제를 내 주었을까?
당시 체코 교과과정에 있던 상투적인
과젠가? 유럽의 어린아이들에게
내 주는 전통적인 숙젠가?
금년에는 봄이 어떻게 왔을까? 당시
체코에는 유럽에는 과연 봄이
어떻게 왔을까?
요즘 한반도에는 봄이 어떻게 오나?
만일 내가 이런 숙제를 받으면 뭐라고
쓰나? 종다리 개나리 진달래 봄처녀
물이 오른 잔디 그리고 사월
사월 십팔 일 사월 십육 일 오월
그리고 뭐라고 쓰나?

야로밀은 자라서 시인이 되는데 독일은
나중에 통일이 되었는데 늘 오던 봄이
올해는 어떻게 왔을까? 나는
우리는 올해 어떻게
봄을 맞이했나?

나는 거듭거듭

나는 중복이다 중복 세력이다 중복이라면 무조건 치를
떠는 사람들 때문에 골치다 중복의 가치를 알려고 하지 않
고 중복이라면 짜증부터 내고 반대하는 사람들 하긴 그들
이 무슨 죈가 나는 중복이 정확하게 거듭되는 것들이 우리
를 구원할 수 있다고 믿는다 그러니까 나는 골수 중복 세
력이다 중복을 견디지 못하는 사람들 중복의 기미만 보여
도 알러지 반응을 보이고 중복 세력 척결에 앞장서고 목
소리를 높이고 또 나 같은 선명한 골수 중복 거듭됨을 신
봉하는 중복 세력 입장에서 형편없는 중복 거듭됨에 대한
뚜렷한 비전도 믿음도 없는 어정쩡한 중복 한두 번의 단
순한 반복에 만족하는 반복 세력에게 중복 딱지를 붙여 주
고 중복으로 몰아붙이는 중복 몰이로 세월을 보내는 사람
들 그들이 무슨 죈가 나는 중복 세력으로서 선명한 중복
을 구현하지 못하는 것이 부끄럽고 세상이 중복을 오해하
고 있는 것이 안타까울 뿐이다 정확한 겹침 선명한 아름
다운 우아한 중복 거듭됨 나는 거듭거듭

이 세상에 중복 아닌 것이 어디 있겠는가? 나도 물론 중
복의 결과다 나는 아버지와 어머니와 할머니와 할아버지
들이 중복되어 거듭되고 거듭되어 이렇게 나타난 것이다

당신도 저 강아지도 고양이도 맨드라미 채송화도 중복이
아니라고 할 수 있겠는가? 사람들은 중복에 대해 내가 한
마디만 더 해도 짜증부터 내려고 한다 그리고 나도 중복에
대해 시시콜콜 설명하는 것이 구차스럽다 보라 중복 중복
들아 자신이 중복인 줄도 모르고 중복의 결과인 줄도 모
르고 살아가는 중복의 축복과 은혜를 알지 못하고 중복을
꺼리고 불편해하고 미워하고 중복을 단지 세상의 한 패거
리 어떤 무리로만 단정하려는 무리들 그리고 자신들만 중
복이라고 착각하는 무리들 자신들만 중복의 축복과 은혜
속에 있다고 으스대는 인간들 이리저리 꿰어 맞춘 중복들
입으로만 중복을 찬양하는 중복들 중복팔이들 중복 장사
꾼들 나는 거듭거듭

애국가를 들을 때마다

따라 부를 때마다 내 몸에 애국의 기운이 퍼진다 피어오른다 애국 애국 애국 애국 끓어오른다 동해물과 백두산이 시작될 때 서해 쪽 사람들이 남해 쪽 사람들이 좀 서운하지 않을까 염려되지만 우리는 동이족이니까 동쪽을 좋아하니까 해가 동쪽에서 뜨니까 대한 사람 대한으로 남산에는 언제부터 소나무가 살았을까? 바람 소리 불변? 미세한 차이는 있겠지만 큰 흐름에서 보면 우리는 동이족이니까 동쪽을 향해 하염없이 걸어온 민족이니까 무궁화 삼천리 나는 천 리 안팎을 왔다 갔다 하지만 대체로 얼추 삼천리 애국가를 들으며 애국가를 따라 부르며 애국가에 대해 이모저모 생각해 보고 곰곰이 따져 보는 동안에도 애국 애국 애국 애국 순국선열이 떠오르고 자주독립 민족중흥 역사적 사명 가을 하늘 공활한데 이 기상과 이 맘으로 충성을 다하여 동해 바다 위로 이글이글 솟아오르는 태양 활짝 핀 무궁화 여의도 광장에서 씩씩하게 행진하는 국군 용사 일제히 날아오르는 새 떼들

언젠간 가겠지 푸르른 이 청춘

나는 죽을 고비를 넘긴 적도 없고 배가 고파 누이를 판 적도 없어 아버지는 정권에 빌붙은 적도 저항한 적도 없고 어머니는 평생 전업주부 아버지가 매일우유 장사를 하실 때 나는 방학이 되면 매일 아침 네 시 다섯 시에 가게에 나가 그날 공장에서 도착한 우유를 트럭에서 내려 냉장고에 옮겼지 전문용어로 뗀다고 하지 나는

매일 새벽 그날 우유를 뗐어 국민학교 동창이 상고를 졸업하고 우리 가게에 한 대뿐인 일 톤 트럭 기사를 하고 있었지 나는 고개를 갸우뚱하고 있는데 그 친구는 단번에 순원아 내 이름을 불러 주더라고 배달이 끝나면 그 친구와 트럭을 끌고 청주 시내 변두리를 쌩쌩 달렸지 내가 운전면허를 딸 때 그 친구 도움이 결정적이었지 그땐 1종 보통 운전면허만 있어도 기술자였으니까

아버지는 정권에 빌붙을 수도 저항할 수도 없었지 우유는 매일 들어오고 가끔 상한 우유가 나오면 무조건 잘못했다고 보상해 주고 트럭을 몰던 그 친구는 방위로 가고 나는 군대로 가고 그 친구는 보안대 방위가 되어 내가 휴가 나왔을 때 너만 알고 있어 하고 골때리는 얘기 몇 개를

해 줬지 제대 앞두고 마지막 회식 때 자리를 옮기다가 층
계에서 거꾸로 넘어져

머리를 다치고 뇌사 어머니는 아들 친구라고 면회 가서
의식도 없는 놈 따끈따끈한 손을 잡고 울고불고 나는 나중
에 제대해서 소식을 들었지 나중에 한참 나중에 그 친구가
살아났어 그 친구 엄마도 보통이 아니었거든

죽은 것 같은 아들 발바닥을 바늘로 계속 찔러 꿈틀거리
게 해서 살려 냈다는 거야 우리 집에 수녀나 수녀나 부르
면서 발을 조금씩조금씩 끌면서 들어오는데 어머니가 깜
짝 놀라 뛰어나가서 마루 끝에 앉혀 놓고 떠듬떠듬 얘기도
들어주고 맛있는 거 사 먹으라고 돈도 주고

몇 번을 왔었다는데 나를 보러 왔다고 나 보고 싶다고
우물거렸다는데 나는 한 번도 못 만났어 물론 우리 어머
니는 전업주부 나는 대학생이었지 그 친구 엄마 전업주부
엄마가 그렇게 눈물로 애지중지했는데 얼마 있다가 그 친
구 진짜 죽었어 이번엔 교통사고 나는 그때 서울에 있었
지 다른 일로 바쁘고 상처받고 있었지

아버지는 여전히 정권에 빌붙지도 못 하고 저항도 못 하고 나는 죽을 고비를 넘긴 적도 없이 친구 얘기나 팔아 이게 시가 될까 어쩔까 더듬더듬 쓰고 있지 여태 정권에 빌붙지도 못 하고 저항도 못 하고

욕실에서

내 칫솔은 초록색이다
참 예쁘다 도마뱀 같다
손에 쥐고 있으면 파닥
파닥 움직이는 것 같다
치약은 또 얼마나 달콤한가
비누는 매끄럽고 향기롭고
면도 크림 샴푸 린스 샤워젤
풍성하게 거품이 인다
따뜻한 물로 샤워를 하고
있으면 내가 중산층 같다
내 칫솔은 초록색이다
참 예쁘고 도마뱀 같다
손에 쥐고 있으면 파다닥
빠져나갈 것 같다

제2부

나에게는 일장일단이 있다

 호구지책도 있고 속수무책도 있다 묵묵부답 천변만화
기타 등등이 있다 나는 뿌린 대로 거두었고 지금도 뿌리는
중이다 이생에서 거두지 못한 것은 내생에서 호사다마 새
옹지마가 나를 지나갔다 오비이락 일촉즉발 호가호위 풍
전등화 토사구팽과 더불어 늘 주사위가 던져지고 살생유
택 굽신굽신 비굴비굴 일노일노 일소일소의 정신으로 정
신일도 하사불성 취중진담 낙장불입 한 번 실수는 병가지
상사 일찍 일어난 새가 되어 구르는 돌이 되어 이끼 따위
야 이끼쯤이야 구르며 부딪히는 힘으로 문질러 없애며 일
보전진 이보후퇴 반공방첩 멸사봉공 형설지공 자조자립
협동근면 알묘조장 수주대토 때를 기다리며 자포자기 운
칠기삼 뿌리째 송두리째 발본색원 근묵자흑 근주자적 검
호거궐 옥출곤강 신토불이 위증즐가 태평성대 산해진미
금전출납 요조숙녀 군자호구 호구 호구가 되어 현재진행
과거완료 내가 만일 새라면 새였더라면 새였었더라면 주
사위가 던져지면 주사위를 따라서

스테인레스 스틸

우리는 그냥 스뎅이라고 부르지 또는
스뎅 스뎅 그릇 스뎅 사발 스뎅 컵 스뎅
칼 스뎅 가위 스뎅 냄비 주전자
스뎅 숟가락 젓가락 스뎅 보온병

스뎅은 녹이 안 슬고 무척
강하지 스뎅이니까

니켈 크롬 강철
강철이 더 강해지라고
니켈 크롬

스테인레스 스틸
우리는 그냥 스뎅이라고 부르지

깨지지도 않고 녹아 없어지지도
않고 타지도 않고 녹슬지도 않지
스뎅은 강하지 단단하지 외부의
충격으로부터 스스로를 보호하지
믿을 만하지 물속에서도

불 속에서도

어디쯤 가고 있을까

무좀—피부진균감염증 치료제 라비진크림® 염산테르
비나핀

라비진은 azole계 약물과는 달리 진균 세포막에서 스
쿠알렌 에폭시다제의 작용을 저해합니다 즉 진균의 스테
론 생합성 과정 중 스쿠알렌 에폭시다제의 작용을 차단
하여 에르고스테롤의 결핍과 스쿠알렌의 세포 내 축적을
초래하므로 진균 세포를 죽이게 됩니다

진균들아 이 지긋지긋한 진균 세포들아 이제 너희들이
왜 죽는 줄 알았냐? 이 약은 azole계 약물이 아니란다 너
희들이 스테론 생합성을 해서 살아간다는 것이 이미 다 밝
혀졌다 그 과정에서 스쿠알렌 에폭시다제가 작용한다
는 것도 다 알고 있다 이제 너희들은 에르고스테롤이 결핍
되고 스쿠알렌이 세포 내에 축적되어 서서히 죽어 갈 것이
다 내가 하루에 두 번씩 염산테르미나핀 10mg과 벤진알
코올 10mg이 포함된 백색의 크림제 1g을 꼬박꼬박 바르
면 너희들은 2-4주 안에 다 죽게 되어 있다 내 발바닥을
가렵게 하던 이 못된 진균들아 벌써 에르고스테롤이 결핍
되어 허덕일 가엾은 진균들아 단세포로 백날을 생각해도

멀쩡하게 의기양양 번식하다 왜 갑자기 배가 고프고 몸이 무거워지는지 아무리 생각해도 모를 것이다 나?

나는 어떠냐고? 라미진은 국소 도포 후 5% 미만이 인체에 흡수됩니다 그러므로 전신으로서의 약물 이행은 극미합니다 까딱없지

지구는 둥그니까

영화음악을 하는 박순원이 있고 정신과 의사 박순원이 있다 시도 쓰고 수필도 쓰고 문양 디자인을 하는 박순원도 있는데 나보다 연세가 훨씬 많으시다 조선 시대에도 박순원이 있었다 공무원 중에도 박순원이 있고 박순원 기자도 있다 박순원이라는 공대 다니는 여학생도 있었다 지금은 졸업했는지 모르겠다 흑백사진 속에 까만 옛날 교복을 입은 박순원도 있다 얼마 전에는 박순원 한 분이 돌아가셨다 어떤 부부는 딸을 낳아 박순원이라고 이름을 짓고 사진을 찍어 올렸다 박순원 칠순 잔치 사진도 있는데 사진 중에 누가 박순원인지는 잘 모르겠다 그리고 또 내가 알지 못하는 박순원 박순원들 나도 이 세상의 다종다양한 박순원 중의 한 사람으로서 내가 박순원이라는 것을 한시도 잊은 적이 없다 다들 건강하시고 무탈하시기를 이번 생은 평탄하시기를

영화를 보았을 뿐인데

연극을 보았을 뿐인데 소설을 읽었을 뿐인데 정신적으로 감염되었다 은연중에 내가 알지 못하는 사이에 나는 TV 드라마를 보았을 뿐인데 드라마를 보는 사이사이 광고를 보았을 뿐인데 치맥을 시켜 놓고 야구를 보았을 뿐인데 지하철을 탔을 뿐인데 버스로 갈아탔을 뿐인데 길을 걸었을 뿐인데 감기약을 사면서 약사와 잠깐 이야기를 나누었을 뿐인데 이 도시의 공기로 숨을 쉬었을 뿐인데 부지불식간에 시나브로 나는 정신적으로 감염되었다 오만 원권 신사임당을 보면서 천 원권 율곡 오천 원권 퇴계 만 원권 세종대왕을 보면서 백 원짜리 동전 이순신 장군을 만지작거리며 오백 원짜리 날아가는 학 오십 원짜리 잘 익은 벼이삭을 쓰다듬으며 나는 내가 알지 못하는 어떤 사람이 되었다 십 원짜리 다보탑은 예전보다 많이 가벼워졌다

두텁게 두텁게

나는 청주에서는 영광이를 팔고
서울에서는 함기석을 팔고
인맥을 형성한다 두텁게 두텁게
이종수와는 친구가 되었고
소종민과도 소주 한잔을
함께 나눈 사이가 되었다
송찬호 형의 후배가 되어 친한
후배가 되어 많은 시인들과 평론가들과 교유하며
교유 두텁게 두텁게 인맥을 쌓는다
시인 행세를 한다 시인의 친한
친구 친한 후배로서 같이 막걸리 잔을
기울이며 겸손한 척 부끄러운 척
때때로 위트 있는 농담으로 분위기를
맞추며 교언영색 공자님이 인한 사람이
드물다고 하셨지 아주 없다고는
안 하셨으니까 鮮矣仁 '鮮' 자를 보면
鮮어묵이 떠오르니까 성질부린다고
까탈스럽다고 꼭 시를
잘 쓰는 것은 아니잖아요? 제법
시인 흉내를 낸다

둥글게 둥글게
손뼉을 치면서
짝 짝 짝

가죽

이번에는 사람의 가죽이었다 태어나 보니 사람의 가죽을 쓰고 있었다 나는 한참을 울었다 더 낡은 가죽을 보면 인사를 하고 두 발로 서서 걷고 가끔 뛰기도 하였다 땅에 금을 그어 놓고 누가 빨리 뛰나 시합을 하기도 했다 누가 옷감을 짜서 옷을 지으면 그 옷을 입고 누가 닭을 길러 잡으면 그 닭을 먹고 누가 농사를 지으면 그 쌀과 배추를 먹었다 누가 담았는지도 모르는 술을 마시고 누가 집을 다 지어 놓으면 그제서야 들어가 살았다 단추를 누르면 낮처럼 환해졌고 봄처럼 따뜻해졌다 새로 태어난 가죽들에게 사람의 가죽을 쓰고 태어났으면 가죽 값을 해야 한다고 거듭거듭 이야기했다 고개를 갸우뚱하고 건들거리고 삐딱하게 앉아 있는 가죽들에게 입에 침이 마르도록 고달프게 이야기를 해 주고 돈을 받았다 그러는 동안 내 가죽은 늘어났고 늘어졌다 꺼끌꺼끌 잡티도 많고 군데군데 쭈그러들었다 아무래도 상관없다 다 쓰고 반납할 때 개수만 맞으면 된다니까

부탁

누구도 나에게 명령을 할 수는 없다 명령 따위 나는 누구의 명령에도 따르지 않는다 부탁? 부탁이라면 기꺼이, 군대에 있을 때 나는 정말 많은 부탁을 받았다 정말이지 부탁에 살고 부탁에 죽는 곳이었다 중대장 선임하사 기타 등등 부탁을 듣고 부탁을 들어주는 일로 하루하루가 다 갔다 어떤 때는 너무 어려운 부탁 너무 많은 부탁을 들어주느라 심신이 말도 못 하게 피곤했다 그래도 웬만한 부탁은 다 들어주었다 간혹 내가 부탁을 들어주지 못했을 때 그들은 즉각즉각 서운한 감정을 직설적으로 드러냈다 물론 나도 무척 유감이었다 만일 내가 그들의 부탁을 거절했다면 그들도 입장이 매우 곤란했을 것이다 나는 오랫동안 취직을 해 달라는 무언의 부탁을 받고 있었는데 이런저런 이유로 들어주지 못하고 있다가 최근에 가까스로 어설프게나마 그 부탁을 들어줄 수 있게 되었다

바울의 청바지

로마서를 읽는다 그때
로마에서는 무슨 일이
일어나고 있었을까

다마스쿠스로 가던 바울
천막 장사를 하던 바울이
이 천막의 천으로 바지를
만들면 얼마나 튼튼하고
질길까 험한 일을 하고 옷
하나도 자주자주 사 입지
못하는 가난한 사람들에게
얼마나 요긴할까 그러자
기적이 일어났다 그것은
혁명이라고도 할 수 있는 것
이었다 우후죽순 지금은
누구라도 만들고 누구라도
즐겨 입지만 예전에

청바지가 잘 어울리는 여자를
사귄 적이 있었는데 나는 배도

나오고 다리가 짧아 청바지가
잘 맞지 않는다 그리고 요새
청바지는 천막 천으로 만들지도
않는다 또 그리고 여기는 로마
식민지도 아니고 나는 시민권자도
아니다 그런데 가끔 어둡고 좁은
골목길에서 기름에 찌들어
새까맣게 반들반들 빛나는
진짜 청바지를 마주칠
때가 있다

토끼풀

토끼가 잘 먹어서
토끼풀이다 강아지풀은
강아지 꼬리를 닮아서
강아지풀이다 개망초는
그냥 개망초다 이렇게
일관성이 없다 그냥
되는 대로다 고비 고사리
두릅 엉겅퀴 더덕 더덕더덕
미더덕 해삼 말미잘 멍게
히드라 플랑크톤이 다
그렇다 간혹 며느리밥풀꽃처럼
서러운 것들도 있다 도루묵처럼
허망한 것 애기똥풀처럼
간지러운 것

바다 5

나는 불의를 보면 마음속으로 인 자를 세 번 쓰지 忍 忍
忍 화가 좀 수그러들지 견딜 만하지 어떤 때는 착각을 해
서 認을 쓴 적도 있지 認 認 認 쓰는 데 시간이 오래 걸려
더 많이 잘 참아지지 참아야지 참아야지 참아야지 오래
오래 참다 보면 내가 불의를 보았다는 사실을 잊기도 하
지 그것이 불의인가 의심이 들기도 하지 오 · 오 · 오 ·
오 밤새 소리치며 달려오던 바다가 새벽녘 포돗빛으로 부
풀었던 바다가 해가 뜨면 푸른빛으로 잠잠해지는 것처럼

튤립

튤을 마신다 마시고 취한다 튤 튤튤 넘어가는 튤 튤집
에서 튤자리에서 튤친구 튤고래들과 튤잔을 부딪치며 튤
튤 튤 튤병 튤안주 튤주정 튤 튤 튤에 튤튤 악마의 튤튤 튤
립 젖과 튤이 흐르는 땅 깊은 산속 옹달튤 본심은 그게 아
니었는데 튤 튤상 튤상을 뒤집어엎으며 세상을 뒤집어엎
으며 튤판이 깨지고 부서지고 어지러운 고요한 튤립 가만
히 서 있는 튤립 향기 튤에 쩔어서 이것도 인생이냐 튤 아
리랑 아리랑 아라리요 튤병이 났네 말간 튤잔에 달이 뜨면

톨

외톨이에서 톨을 보아라 외는
조금 한자 냄새가 나기도 하고
이는 접미사처럼 보인다 외톨이를
외톨이답게 하는 것은 톨이다 톨
톨톨 밤톨 같기도 하고

톨만 따로 손바닥 위에 올려놓고
까칠까칠한 머리를 쓰다듬으며

톨!

소리도 약간 솟구쳐 오른다
다시 한 번 가벼운 마음으로
소리 내어 읽어 본다

외톨이!

외와 이는 껍데기 같고
톨만 알맹이 같다

기타 등등

1

한참 이름을 부르다 기타 등등 그러면 거기에 내가 있다 등등 우리는 평등하다 기타를 메고 가는 무리의 뒷모습 무리 지어 몰려다니는

나는 까칠해지고 싶지 않다 까칠 글자도 까칠 까칠 가시가 많다 반면 등등은 얼마나 부드러운가 기타의 공명통을 살살 두드리면 등등 등등… 아닌가?

2

어떤 때는 기타도 없이 등등 등등 아코디언을 안고 하모니카를 입에 물고 등에는 북을 메고 발을 굴러 등등 등등 익살을 떨던

언더그라운드에서 다운타운에서 홀로 약을 팔던 기타 등등 무리에서 뛰쳐나와 입에 단내가 나도록 약을 팔았으나

惡-樂

　이 세상의 모든 惡을 없애고 소탕하고 뿌리뽑겠다 다시
는 싹트지 못하도록 惡이 있던 자리에 樂을 심겠다 樂질
樂랄 樂마 樂당 선樂 樂화가 양화를 구축한다 樂성종양 樂
한 마음 樂독 필요樂 대충 메꾸어 보지만 생각보다 惡의
뿌리가 깊다 일일이 손으로 뽑고 메꾸자니 힘들다 樂동 樂
의꽃 樂연 樂업 樂행 樂의 죄樂 패樂질 樂플 樂플러 4대
사회樂 樂령 樂취 최樂 樂몽 더욱 樂화되어 樂을 쓰다 樂
이 오르다 樂에 받치다 樂송구 樂천후 樂조건 樂담 樂명
樂귀 樂재 발樂 樂순환 권선징樂 흥樂범 칠거지樂 성樂설
樂평 위樂 樂전고투 극樂무도 조樂 조의樂식 영樂 樂역 오
늘은 일단 여기까지 하고 자고 일어나서 또 하자 악어 이
를 악물다 악바리 바리바리 악다구니

포동포동

이제부터 포동포동
포동포동을 주제로
시를 쓰겠다
포동포동 포동포동 포동포동
포동포동 포동포동을
늘어놓기만 해도 시가
되는 것 같다 포동포동은
부사입니다 부사는 주어도
주제도 될 수 없습니다
라고 핀잔을 주신다면, 포동포동
포동포동 눈으로 보고 포동포동
귀로 들어 보시라
가득 찬 것 같으면서도
포동포동 텅
비어 있는 포동포동 이 시의
주제는 포동포동
포동포동은 이
문장의 주어
이 시는 포동포동이
불러 주었고 내가 받아

적었다

제3부

양떼구름

저 양 떼들한테도
내가
보일까?

뭐로
보일까?

나는 새록새록

　새록새록은 무엇과 어울릴까 새록새록 꿈꾸다 새록새록 잠들다 새록새록 헤쳐 나가다 함께 가다 새록새록 봄이 오다 새록새록 까마귀가 새록새록 옛 사랑이 옛 사랑의 그림자가 새록새록 시계는 아침부터 새록새록 밤새도록 새록새록 스마트폰이 새록새록 새록새록 졸리다 힐끔 힐끔 새록새록 가타부타 새록새록 새록새록 깨어나다 새록새록 피어나다 새록새록 바람이 분다 고추 먹고 새록새록 달래 먹고 새록새록 새록새록은 무엇과 어울릴까 새록새록을 어디다 갖다 붙일까 봄동이 새록새록 쑥 달래 씀바귀가 새록새록 시냇물이 새록새록 개구리가 새록새록 팔짝팔짝 새록새록

깨달음을 얻었을 때

다른 사람들이 내가 깨달음을 얻었다는 것을 눈치 채지 못하게 하는 것이 가장 중요하다 내 주위에도 깨달음을 얻었지만 무척 조심해서 누가 봐도 전혀 알아볼 수 없도록 심상하게 사시는 분들이 몇몇 있다 내가 눈치 채는 순간 그분들의 깨달음이 수포로 돌아갈 수 있어 나는 되도록 조심하는 편이지만 가끔 눈치 없이 헛다리를 짚었다가 깨달음을 통째로 날리신 분들이 있다 나도 내가 깨달았다는 것을 아는 순간 도로아미타불 도로아미타불 나 자신에게도 여간 조심스럽지 않다 최대한 깨닫지 않은 것처럼 살며 나 스스로 최면을 건다 나는 깨닫지 않았다 나는 깨달음이 없다 나는 깨달음 언저리에도 닿을 수 없다 깨달음 깨달음 깨달음 음냐 음냐

임직원 일동

임원 직원 일동 넥타이를 매고 메고 임직원 일동 하마터면 임직원 일동 사회봉사에 나선 임직원 일동 자매결연 맺는 임직원 일동 최구한 회장 외 삼천칠백오십사만 원 임직원 일동 근하신년 임직원 일동 정중히 사과드리는 임직원 일동 최선을 다하는 임직원 일동 파란만장 임직원 일동 미소로 고객을 맞이하는 임직원 일동 고객의 행운과 건강을 기원하는 임직원 일동 청바지를 입고 어울려 춤을 추는 임직원 일동 생맥주 앞에 마주 앉은 임직원 일동 찜질방에서 회의하는 임직원 일동 노래방에서 마이크를 조절하고 탬버린을 툭툭 쳐 보는 임직원 일동 휘날리는 넥타이 임직원 일동 나란히 앉아 숙취 해소 음료를 마시는 임직원 일동 페이브먼트에 임직원 일동 다시 말쑥하게 단정하게 임직원 일동 활짝 웃으며 서류 더미를 천장으로 날리며 주먹을 불끈 쥐는 임직원 일동 전 임직원을 만나 목소리를 낮추는 임직원 일동 가도가도 임직원 일동 사뿐히 즈려밟고 가시옵소서 임직원 일동 염화미소 이심전심 임직원 일동 페이브먼트에 페이브먼트에 임직원 일동

믿음이 약한 자들

 믿음이 없는 자들이 창의력을 기른다 나는 구구단을 외우며 창의력을 길렀다 이이는사 이삼은육 칠칠사십구 믿음이 있다면 믿음이 강하다면이야 창의력 인내력이 단결력이 순발력이 무슨 소용이랴 해상보험 자동차보험도 창의력에서 나왔다 구구단에서 나왔다 이팔십육 오구사십오 믿음이 약한 자들 허술한 자들이 창의력 단결력 인내력 순발력을 발휘하여 인수분해 방정식 곱하기 나누기 자동차보험 손해보험 화재해상보험 임플란트보험 구구단을 외우며 허송한 세월 구구단을 외우면 강해 보이기도 하고 민첩해 보이기도 하지만 구구팔십일에서 탁 닫히는 자차보험 대물보험 대인보험 긴급출동서비스 책받침에 노트 뒷장에 이이는사 이삼은육 육사이십사 팔칠오십육 팔팔육십사 스프링처럼 튀어나오는 창의력 인내력 단결력 순발력 믿음이 약한 자들 믿음이 없는 자들 아아이십삼 아아십칠 아아삼십칠 아아나비 아아범나비 아아호랑나비 아아모시흰점나비

호모 사피엔스 사피엔스

1

나의 반이 또 다른 나의 반을 향해 갈 때 나는 삼억 마리 중 하나였다 나는 꼬리를 천 번 흔들어 일 센티미터를 나아갔다 그렇게 십팔 센티미터를 헤엄쳐 갔다 삼억 마리 나의 형제들 중에는 머리가 둘이거나 핵이 없어 애초부터 가망이 없었던 친구들도 있었다 그래도 모두 열심히 함께 나갔다 나만 살고 나머지는 다 죽었다

2

내 몸의 삼 할은 라면이다 나머지는 밥 떡 술 고기 나물 김치 등등 갖은 양념 빵 아이스크림 약간 커피 담배 연기도 내 몸속으로 들어갔다 내가 탄수화물을 먹으면 내 몸은 포도당으로 만들어서 쓰고 나머지는 지방으로 저장한다 한참 동안 아무것도 먹지 않으면 지방을 녹여서 태워서 쓰는데 시간이 많이 걸린다 나는 밥이나 떡은 꼭꼭 씹어서 먹는데 라면은 씹을 새가 없다 내 배 속 어딘가에 엉켜 있을 것이다 천천히 풀어졌다가 다시 기름으로 엉겨 붙을 것이다 미량의 산도 조절제 합성 착색료 방부제 잔류

64

농약 등등이 어떤 것은 살로 어떤 것은 뼈로 또 어떤 것은 피로 감기에 걸리면 아세트아미노펜을 복용한다 그러면 감기의 제증상 인후통 기침 가래 오한 발열 두통 관절통 근육통 등등이 완화된다 매일 소주 세 잔 이상을 마시면 간 손상이 올 수 있다 간은 부지런하다 내가 내 간보다 더 부지런할 수는 없다 나는 가끔 마그네슘이 부족해 눈가가 떨리기도 한다

3

내 영혼은 어디에 있을까 내 몸속 어디엔가 있을까 머리 발톱 위장 손끝 혀끝 목구멍 식도 생식기 비뇨기 구석구석 내 몸을 뒤져 본다 내 몸을 빠져나가 저 벽 옷걸이에 걸려 있나 아까 라면 국물 버릴 때 딸려 나갔나 머리 감을 때 씻겨 나갔나 뭐가 이빨 사이에 끼어 답답하고 답답할 때 혹시 이게 내 영혼이 아닐까

어쩌다 마주친

나는 인간 한 마리 나불나불 떠드는 호모 로퀴엔스 선조들의 지혜를 이어받는다 가다가 아니 가면 간 만큼 간 것이다 태산이 높다 하되 정말 높구나 사람이 제 아니 오르고 뫼만 높다 할 만하구나 선조들은 선조들의

선조들로부터 지혜를 물려받았다 아버지가 돌아가신 할아버지께 절을 하듯이 설날 아들이 설빔을 차려입고 나에게 아버지에게 세배를 하듯이 어머니는 입속에 들었던 것도 빼서 나를 먹이셨다 다른 짐승들의 어미가 그러하듯이 아내도 아이들이 보채면 자다가도 일어나고 먹던 것도 빼서 먹인다 짐승 짐승들

나는 한 마리 인간 호모 사피엔스 사피엔스 호모 에렉투스 호모 루덴스 호모 로퀴엔스 성큼성큼 걸어 다니고 컴퓨터 게임으로 밤을 지새고 나불나불 떠들고 선조들로부터 지혜를 물려받은 인간 한 마리 어미가 정성껏 키운 인간 한 마리 젖이 모자라 분유를 먹고 자란

인간 한 마리 배우고 때로 익히면 또한 즐겁지 아니한가 남이 나를 알아주지 않더라고 성내지 아니하고 사랑은 오

래 참고 온유하며 성내지 아니하고 아니하고 아니하고 천
상천하 유아독존 인간 한 마리 돈을 벌고 돈을 쓰다 죽는
죽으면서도 죽어서도 돈을 쓰는 인간 한 마리

　　나를 나라고 할 수 있으면 이미 내가 아니다 45억 년 지
구에서 저 별은 나의 별 저 별은 너의 별 잠시 잠깐 사랑
을 나누는 인간 한 마리 밤늦도록 술집을 찾아 헤매고 노
래방에서 고래고래 소리를 지르고 소녀시대 걸스데이 아
이유 티아라 인간 암컷이라면 사족을 못 쓰는

비유

나는 뱀과 이야기를 나눌 수
있는 처지가 아니다 따라서 나는
뱀의 유혹을 받을 일도 없다 그럼에도
불구하고 나는 선악과를 수도 없이
따 먹었다 달고 시원했다 나는
뱀의 유혹에 넘어간 것이 아니다
넘어갈 수도 없다 나는 성경이
비유적인 표현이라는 데 동의하지
않는다 신은 하고 싶은 말씀이
있으시면 딱 대놓고 말씀하시지 빙빙
에둘러 말씀하시지 않는다
고 생각한다 비유는 인간들 비천한
인간들의 것이다 인위적인 것이다
세속적인 것이다 타락한 것이다 말을
낭비하는 것이다 어떻게 표현할 줄
몰라서 우물쭈물 중언부언하는
것이다 나는 돌 같을 수는 있지만
돌은 아니다 달이 쟁반처럼 동전처럼
빵처럼 보일 수는 있지만 쟁반도
동전도 빵도 아니다 장미 줄기에는

가시가 있다 그것이 우리에게 일종의
교훈 암시를 준다 소나무 대나무
두꺼비 지렁이 박테리아 미토콘드리아
등등이 다 그렇다 비유 천지인 세상이
부자연스럽다 신의 뜻은
아닌 것 같다

돼지

　태어나 보니 돼지였다 이런 돼질 세상은 얼마나 정교하
던지 돼지를 낳는 돼지가 따로 있었다 나는 그냥 먹고 자
는 진짜 돼지가 되었다 이런 돼질 놈들 내가 태어나기 전
부터 내가 살 집 먹을 것 미리 다 준비되어 있었다 나는 새
끼를 낳고 기를 일도 없이 승냥이를 피해 도망치거나 나무
뿌리를 쑤셔 댈 일도 없이 사료를 먹고 몸이나 불리는 진
짜 돼지가 되었다 어떤 돼지가 나를 낳았을까 어떤 돼질
꿈을 꾸고 나를 낳았을까 다른 돼지를 낳을 일도 없는 나
는 어떤 꿈을 꾸나 아무리 육신이 껍데기에 불과한 것이
라지만 고깃덩어리에 불과한 것이라지만 이게 뭔가 뭐 이
런 돼질 시스템이 다 있나

일송정 푸른 솔

교훈적이다 지나치게 교훈적이다 앵두나무에 비하면 벚나무 버드나무에 비하면 더더욱 그렇다 곧으면 곧은 대로 등이 굽으면 굽은 대로 선산을 지키며 교훈을 준다 남산 위에 저 소나무 철갑을 두른 듯한 것은 착시다 철갑에 대한 염원 바람 바람 소리 불변함도 그렇다 불변에 대한 소망 바람 끈적거리는 송진은 교훈적이면서 실용적이다 은은한 소나무 향기 솔잎 향기를 맡으면 몸도 마음도 건강해지는 것 같다 저 들에 푸르른 솔잎을 보라 돌보는 사람도 하나 없는데 끝내 푸르리라 지나친 바람이다

플라스틱

　내 자동차 속의 기름은 먼 곳에서 왔다 아주아주 멀리서 배를 타고 바다를 건너와 내 자동차 속으로 들어갔고 이제 제가 가진 힘을 다 쓰고 대기 속으로 사라진다 미세먼지 이산화탄소 일산화탄소 황산화물 암모니아 옥시던트로 흩어져 대기가 된다

　내 자동차 속의 기름은 아주아주 오래전 이 지구 위에서 살아 꿈틀거리던 것들이다 부드럽고 단단했던 것들이다 행복했던 불행했던 것들이다 파릇파릇했던 것들이다 촉촉했던 것들이다 발그스레한 것도 있었을 것이다 따뜻한 햇살과 대기의 축복으로 자라났던 것들이다 새근새근 숨을 쉬고 바람에 흔들렸던 것들이다 심한 바람에 꺾이고 부러졌던 것들이다

　사랑하고 번식했을 것이다 잠을 자고 꿈을 꾸었을 것이다 각자각자 자기의 운명이 있었을 것이다 어느 날 목숨이 다하고 지구의 한 모퉁이에 누웠을 것이다

오, 징어 징어

　나는 지금 오징어에 대해 쓰려고 한다 오징어는 천연 피로 회복제로 알려진 타우린이 많다 나는 천연 피로 회복제라는 말을 좋아하지 않는다 뭐가 천연이고 뭐가 피로고 뭐가 회복이란 말인가? 나는 그럼 천연 무엇인가? 그리고 피로는 회복해서 어쩌자는 것인가? 아무튼 오징어 봄밤 불을 좇다가 주낙에 걸린 오징어 민물에 데쳐지고 있는 오징어 해물탕에서 다른 해물들과 함께 익어 가고 있는 오징어 오징어땅콩과자 봉다리 봉다리마다 살과 냄새를 나누어 준 오징어 나는 되도록 오징어의 입장에서 오징어의 시선으로 하지만 터무니없는 어림없는 일 오징어를 씹을 때 입안 가득한 탄력감 또는 마른오징어를 씹을 때 질겅질겅이 주는 느낌 오징어 이 징그러운 놈들은 어떻게 섹스를 하나? 물속에서 차갑고 깊은 물속에서 황홀할까? 꿈같을까? 봄밤 불빛에 미쳐 죽은 놈들 죽어서 무더기무더기 쌓여 있는 놈들 바싹 말라서 다섯 마리 열 마리씩 크기대로 묶여 있는 놈들

병아리 떼 쫑쫑쫑

　전화 한 통화에 닭 한 마리가 튀겨져 내 눈앞에 와 있다 이 닭은 33일을 살다 죽은 병아리다 닭처럼 보이지만 고도비만 병아리다 부화만 전문으로 하는 회사에서 태어나 위탁 양계로 길러진 병아리다 암평아리다 가슴살이 빈약한 수컷은 태어나자마자 이미 죽었다 브로일러 사육 방식으로 자라난 암평아리다 가슴살 다리 날개를 위해 눈동자와 창자와 허파와 간과 부리와 발톱을 가지고 태어난 평생 낳을 달걀 난소를 가지고 태어난 암평아리다 왜 태어났는지 곰곰 생각해 볼 새도 없이 컨베이어 벨트를 따라 털이 뽑히고 톡톡 머리가 잘리고 발이 제거되고 분주한 손길이 내장을 발라내고 핏물을 닦아 내고 위생적으로 깨끗하게 처리된 암평아리다 털이 뽑힌 뽀얀 병아리 시체들이 대롱대롱 매달려 컨베이어 벨트를 따라 돌면서 머리가 톡톡 잘리는 장면, 치맥이 되기까지 수요 공급의 법칙 극락왕생

ㄹ

ㄹ은 설측음 혀 옆으로
랄랄라 랄랄라 신나게
소풍을 가는데
우롸롸롸라 우롸롸롸라
미국 노래를 부르다 보면
혀가 말리기도 하지

제4부

파산

　나는 정치적으로 파산하였다 재기할 길이 없다 태어날 때부터 파산 상태였고 다시 일어설 방법이 없다 우리 할아버지의 할아버지의 할아버지의 할아버지의 할아버지의 할아버지께서는 우암 송시열의 사약을 들고 가셨던 관리였다 그리고는 내리막길 그 이후로 우리는 나는 재기할 수 없었다 농사를 짓고 장사를 하고 나는 대학을 나왔지만 과거에 응시하지 않았다 그래도 사립학교법 등 관련 법규에 의거 교원 임용에 하자가 없으니 시골에서 선생을 하고 있으니 신라 시대로 따지면 일두품이나 이두품쯤 되지 않을까 경제적으로는 근근이 살아가지만 정치적으로는 파산하였다 재기할 길이 없다 완전히 아주 꽉 막혀 버렸다 사람들을 모아서 반란을 꿈꾸지도 못하고 가끔 촛불을 들고 기원한다 모든 사람들이 평등하기를

배꼽

내 배꼽에는 원래 기다란 끈이
있어 엄마와 연결되어 있었는데
누군가 그 끈을 잘랐다
나는 그렇게 이 세상에
굴러떨어졌다
나는 크게 울었다

나는 먹지도 싸지도 않았고
필요한 것은 엄마 몸속에 다 있었다
미끌미끌한 물속에 얇은 막 속에
둥둥 떠서 나는 그렇게
계속 살아가면 되는 줄 알았다

천천히 눈 코 입을 만들며
손가락 발가락을 만들며
조금씩조금씩 자라기만 하면
되는 줄 알았다

크게 울고 난 다음 처음
엄마 젖꼭지에 입을 대고

젖을 빠는데 얼마나 힘들던지
온몸의 피가 다 얼굴로
몰리는 것 같았다

이후 그 힘으로 여태껏 살았다
알콜 니코틴 카페인 단백질 탄수화물
지방 비타민 Ａ Ｂ Ｃ Ｄ Ｅ 칼슘
마그네슘 그리고 유산균 미네랄
미량의 합성 착색료까지 닥치는 대로
먹고 마시며

손톱이 자라면 손톱을 발톱이 자라면
발톱을 깎고 나날이 자라나는 머리카락을
정기적으로 자르고 각질이 생기면
벗겨 내고

각본도 연출도 없이

매니저도 소속사도 없이 밥 먹는 연기를 한다 출근하는 연기를 하고 출근해서도 연기를 한다 일하는 연기 하루 종일 연기하다 퇴근하는 연기 친구들과 술 마시는 연기도 하고 취하는 연기 취해서 소리 지르고 노래 부르는 연기 연기를 하다가 나도 모르게 눈가에 살짝 이슬이 맺히기도 한다 이십여 년 전에 결혼하는 연기를 한 적이 있는데 연기가 너무 서툴렀다 각본도 있었고 몇 명이 함께 연출을 했는데 제대로 된 연기를 하려니까 너무 긴장이 되었던 것 같다 내내 아쉽다 사람들이 내 연기를 꼼꼼하게 모니터링을 하기도 한다 내가 오른손으로 밥을 먹는지 왼손으로 먹는지 내가 어떤 여자와 만나 이야기를 나누는지 대사를 점검해 주기도 한다 내가 그 사람은 나하고 생각이 틀려라고 말하면 틀린 것이 아니라 다른 것이라고 정정해 준다 나는 곧 쏴뭐 다른 것이라고 다시 말한다 얼룩말 연기를 하는 친구들도 있다 초원에 흩어져 풀을 뜯다가 사자가 다가오면 혼신의 힘을 다해 도망가는 연기다 목숨을 건 연기라고나 할까 모기 연기를 하다가 모기약을 정통으로 맞고 죽은 친구 쥐 연기를 하느라 시궁창에서 찍찍거리고 있는 친구 닭 연기를 하느라 최대한 닭처럼 보이려는 친구 전체적인 흐름도 모르고 리허설도 없이 그때그때 애드립으로

김수영 시를 보고

　이 정도면 나도 쓰겠다 싶어서 시를 쓰기 시작했다 온
몸으로 쓰기 시작했다 줄넘기 장난도 해 보고 나타와 안
정을 뒤집어엎듯이 폭포처럼 술을 마시고 바람이 불면 불
기도 전에 풀처럼 눕고 발목까지 발밑까지 발바닥까지 눕
고 누웠다가 바람보다 더 빨리 일어나 웃고 실실 웃고 닭
이라도 쳐야 하나 고민하다가 그건 너무 심란해서 일단 보
류 이사벨라 버드 비숍 여사와 연애도 하고 인환이는 별거
아니라고 가소롭게 보고 보그 잡지도 영문판으로 쓱쓱 넘
겨보다가 미국 놈들 좆대강이나 빨아라에서 멈췄다 도무
지 흉내 낼 수 없는 동작 너무나도 선명한 이미지 여기서
미국 놈은 내가 아는 그 미국 놈 좆대강도 그 좆대강 빨아
라도 빨아라 어려운 말도 없이 단어 하나하나가 살아 움
직이는 듯하면서도 그것들이 결합하여 문장이 되었을 때
더더욱 문제적인 정치적인 과감한 불굴의 소시민성 앞에
서 나는 밤새 머뭇거렸다 나도 말할 수 있는가 나도 정면
을 보면서 또박또박 내 입으로 소리 내어 말할 수 있는가
미국 놈들 좆대강이나 빨아라

이른 아침

이빨을 닦는다 내 입속의 세균들을 말끔히 닦아 낸다 밤
새 내 입속에서 희희낙락 즐거웠던 놈들 따뜻했던 놈들 제
멋대로 자라고 번식했던 놈들 모조리 쓸어 낸다 구취 충치
치주 질환 잇몸 질환의 원인이 되는 놈들 싹싹싹 씻어 낸
다 내가 쓰는 치약은 충치 예방에 탁월한 효과가 있는 플
로르화나트륨 트라넥삼산 함수이산화규소가 주성분이다
별도로 자일리톨이 함유되어 있고 천연 민트향이 포함되
어 상쾌한 맛과 향이 개운함이 오래오래 지속된다 칫솔은
또 어떤가 과학적인 디자인으로 부드러운 칫솔모가 입속
구석구석 이빨 사이사이를 꼼꼼하게 닦아 낼 수 있다 내
입속이 한세상이라 생각하고 밤새 따뜻하고 행복했던 놈
들 이젠 다 끝장이다 부드럽고 풍부한 거품 속에서 이게
웬일인가 아우성치는 놈들

나는 브르통이 아니지만

　　초현실주의자 행세를 한다 나를 갑갑하게 하는 옴짝달
싹할 수 없게 옥죄는 제도 규칙 관습을 작살내 우적우적
씹어 먹을 듯이 그리고 하루에 두 끼를 먹는다 별일 없는
날에는 소주 한 병을 마신다 별일 있는 날에는 소주 세 병
맥주 또다시 소주 헤아릴 수 없이 마신다 마시고 친구한
테 욕을 한다 집에 돌아와 양치질을 하고 잠든다 긴 시간
을 자고 또다시 하루 두 끼 소주 한 병 이것이 나의 현실
이다 초현실이다 아직 현실에 도달하지 못한 현실이다 현
실 너머 현실 이전 현실 그 자체다 넘어서고 싶은 수리하
고 싶은 질척거리는 수런거리는 현실이다 연탄재가 굴러
다니는 발로 차고 싶은 현실이다 너를 꽃이라고 부르면 내
게 와서 꽃이 되는 아니 눈물을 흘리우는

나는 바로

나는 변신에 능하다 카라멜온이 되기도
하고 카메라온이 되기도 한다 사람들은
이 둘의 차이를 잘 구별하지 못한다 아니면
내가 장난하는 줄 알고

나는 지금 카라멜온이다

나는 지금 카메라온이다

이렇게 즉각즉각 변신이 가능하다

람바다라는 춤이 있다 바람을 뒤집은
것이다 람바다 It's 람바 아시다시피
영어의 가주어는 따로 번역하지 않는다
카라멜온의 생각이다

수박과 박수 박수무당은 아무런 관계가
없다 서로 물끄러미 어쩌라고
카메라온의 생각이다

나는 피부는 그대로 두고
안쪽을 통째로 바꿀 수 있다
남들은 장난인 줄 알지만

부처님 오신 날

해바라기조에는 씨앗조 울타리조 제초조가 있다 씨앗
조가 노조의 실체를 파악하면 울타리조는 집회 시위에 대
응 제초조가 노조 홍보물을 수거한다

저런 내부 문건은 회사 차원에서 시나리오로 작성한 것
은 사실임 다만 그것을 진짜 시행한 것은 일부 직원들의
자의적 실행이었을 뿐 회사와는 무관하다

과잉 충성한 직원들은 내부에서 알아서 징계할 생각이
구요 저희는 이 사건을 반면교사 삼아 더욱 사랑받는 이
마트가 되겠습니다

나는 오늘 하루 종일 컴퓨터로 마작 게임을 했다 여덟
시간 반 동안 딸깍딸깍 패를 맞추고 생각대로 안 되면 다
시 하고 두유에 빨대를 꽂아 입에 물고 간간이 뜨거운 정
수기 물로 믹스커피를 타 마시고 잠시 정지 모드로 세워
놓고 일어나 화분에 물을 주고 다시 했다 일곱 시 반까
지 하다가

컴퓨터를 끄고 집에 돌아왔다

저 순해 빠진 기쁨과는 다른 어떤 것

　나는 꿈보다 현실이 낫다 꿈속에서 나는 늘 쫓기고 오
줌이 마렵다 엉뚱한 강의실에 들어가 한참 떠들다가 망신
을 당하고 군대를 다시 가기도 한다 난데없이 생물 세미
나에 발표를 하다가 발표문을 잃어버려 여교수의 싸늘한
눈초리를 받기도 했다 그때는 정말 가방에 얼굴을 파묻고
들어가 죽고 싶었다 반면 현실에서는 일찌감치 결혼도 했
고 그 후 순서대로 아들 하나 딸 하나가 생겼다 응애응애
울던 것들이 이제 성큼성큼 걸어 다닌다 정말 꿈같은 일이
일어난 것이다 오디오 단추를 누르면 음악이 흘러나오고
수도꼭지를 틀면 따뜻한 물이 나온다 선풍기가 열심히 돌
면서 나한테만 바람을 보내 준다 반면 꿈속에서는 선풍기
가 있으면 꽂을 데가 없고 수도꼭지를 틀면 녹물 진흙물이
나온다 핏물이 쏟아져 나오기도 한다 나는 아무렇지도 않
게 그 물로 손도 씻고 얼굴도 씻었다 집이라고 가 보면 허
물어져서 반쪽만 있지를 않나 볼펜은 굳어서 볼이 구르지
않고 만년필은 잉크가 줄줄 새고 연필심은 부러지고 컴퓨
터를 켜면 저 혼자 빙빙 돌면서 하염없이 부팅 중이다 어
떻게 시 같은 것을 쓸 수가 없다 놀이터 그네에 걸터앉아
누구한테 시를 들려준 적이 있는데 깨어나 보니 도무지 생
각이 나지 않는다 한 서너 줄 정도였는데

시 쓰는 노예

　내가 그리스 시대 시민이라면 시 쓰는 노예 노래 부르는 노예를 데리고 다니면서 오늘 아침 햇살에 맞는 노래를 불러 보거라 내가 몹시 우울하다 나의 우울함을 시로 써 보거라

　나는 지금 내가 직접 시를 쓴다 글자를 쓰느라 나의 우울함에 몰두할 수가 없다 지금 막 내 곁을 스쳐 사라지는 아침 햇살에 이슬에 바람에 집중할 수가 없다 그리고 내가 쓴 시를 내가 컴퓨터에 입력하고 저장한다 저장해 놓은 시를 꺼내 팔기도 한다 두 편에 칠팔만 원 받으면 잘 받은 편이고 사오만 원 받을 때도 있고 그냥 감감무소식인 경우가 태반이지만 한 편에 십오만 원씩 두 편 삼십만 원을 받은 적도 있다 시를 보낼 때도 이메일로 내가 직접 보낸다

　나는 운전도 한다 물건도 직접 사고 맨손으로 거스름돈을 받은 적도 있다 배가 고프면 참지 못하고 찬물로 쌀을 씻어 밥을 지어 먹고 김치찌개도 끓여 먹는다 비가 오면 젖지 않으려고 우산을 펴서 들고 다닌다

　저녁에 시간이 남으면 소파에 길게 누워 과일을 먹으면

서 프로야구를 본다 굳이 토론할 일이 있으면 낮에 한다 정해진 의자에 앉아서 시간도 주제도 순서도 규칙도 미리 다 정해 놓고 정해진 대로 토론하는 노예라고나 할까 어쩌다 유붕이 자원방래하면 맥줏집에서 만나 회포를 푼다 불역락호아

우리 앞집에는 영어를 아주 잘해서 영어만 전문적으로 가르치는 노예가 산다 수학을 전문적으로 배워 수학만 가르치는 노예도 있고 하루 종일 그림만 그리는 노예도 있다 악기를 차에 싣고 다니면서 노래를 불러 주는 노예도 있다 여행을 전문적으로 하는 노예 사진을 찍는 노예도 있다 은퇴해서 여생을 즐기는 노예도 있다

모든 노예는 법 앞에 평등하다 물론 법을 만드는 노예 집행하는 노예 법에 따라 심판하는 노예가 다 따로 있다 일을 마친 노예는 술을 마시고 취할 수도 있다 여유가 되는 노예들은 새벽까지 노래방에서 고래고래 소리를 질러도 무방하다

나는 한때

　씩씩하게 행진을 하면서 구보를 하면서 목청을 다해 노래를 불렀다 사나이 한 목숨 무엇이 두려우랴 나는 지금 생명보험도 들고 운전자보험도 들고 손범수가 선전하는 복불복이라는 다 거기서 거기라는 암보험도 하나 골라 들고 혹시 몰라서 건강식품도 챙겨 먹고 주말에는 등산도 하고 실연을 당해도 눈보라가 닥쳐도 혹시라도 갑자기 죽게 되더라도 자식들에게 일이천이라도 남겨 주려고 전쟁이 나더라도 원자력발전소가 가동을 중단하더라도 쓰나미가 해안가 일부를 뒤흔들더라도 내가 죽을 경우 살아남을 경우 다칠 경우 수술할 경우 입원할 경우 모든 경우 경우의 수를 대비해서 치아보험 임플란트보험도 들고 천재지변에도 보상해 주는 자동차보험도 따로 들고 사나이 한 목숨 죽을 때 죽더라도 남은 사람에게 부담이 되지 않으려고 최소한 일이천이라도 남겨 주려고 무엇이 나를 깊은 슬픔에 빠지게 하더라도 경기가 바닥을 치더라도 집값이 전세가 폭락하더라도 폭등하더라도 곰팡이가 창궐하고 혹성 탈출에 실패하더라도 두려우면 두려운 대로 아무리 두렵더라도

자꾸만 바라보면 미워지겠지

표절을 하겠다 대놓고 제목부터 표절을 하겠다 자꾸만 바라보면 미워지겠지 누가 부르는 노래인 줄도 모르고 누가 작사했는지 누가 작곡했는지도 모르지만 일단 표절하겠다 자꾸만 바라보면 미워지겠지 예전에 아주아주 예전에 어떤 여자가 노래방에서 이 노래를 부르고 나를 떠나서 개인적으로는 몹시 쓰라리지만 이런저런 개인사를 가슴에 묻고 공개적으로 표절하겠다 알게 모르게 표절이 횡행하는 표절의 왕국에서 표절해서 돈도 벌고 명예도 얻는 나중에 표절이 밝혀지면 한번 멋쩍게 씩 웃어 주고 마는 표절 대마왕들이 설치는 나라에서 나는 까짓것 만인이 다 보는 앞에서 표절하겠다 자꾸만 바라보면 미워지겠지 반복해서 조금 비틀고 더 베끼겠다 자꾸만 자꾸만 바라보면 미워지겠지 믿어 왔던 당신이기에 돈도 명예도 안 되는 표절이 있을 수 있다는 것을 보여 주겠다 쏟아져 흐른 눈물 가슴에 안고 아무짝에도 쓸모없는 표절 아무 목적도 없는 표절 비실비실하는 표절 호기롭게 베끼다가 그냥 제풀에 흐지부지 꼬리를 내리는 표절의 존재를 증명하겠다 자꾸만 자꾸만 바라보면

달라이 낙타

　나는 전생에 낙타였다 라마였나? 아니다 낙타였다 확실
하다 사막이었고 몸에 혹이 있었으니까 내 혹을 볼 수는
없었지만 다들 혹이 있었으니까 나도 혹이 있었을 것이다
나는 그 혹에 무엇이 들어 있었는지는 이번 생에 알게 되
었다 나는 라마가 아니라 낙타였다 달라이 낙타 집도 절도
없이 나라도 백성도 없이 달라이 달라이 낙타 낙타 내가
죽었을 때 내 살은 누가 먹었을까 내 가죽은 누가 벗겨 갔
을까 낙타 고기 낙타 가죽 이제 내 것이 아닌 것들 지난 생
에 두고 온 것들 그리고 이번 생에 혹처럼 달고 다니는 정
신 정신적 지도 지도자 다시 낙타가 되면 다 놓고 갈 것들

눈·비

눈 눈 눈 눈 눈

눈 눈 눈 目 눈

눈 雪 눈 눈 눈

* 눈 눈 눈 눈 눈길

비 비 비 비 비

비 雨 비 비 비

非 비 비 비 비

비 비 비 悲 비 빗길

일상의 분발과 불발된 침묵

장철환(문학평론가)

불발된 침묵: 목숨을 건 자의 비약

이렇게밖에 말할 수 없다, 이건 불발된 침묵이라고.

침묵의 실패가 힘이 되는 때는 언제인가? 비밀결사의 경우, 함구가 미덕임은 재론의 여지가 없다. 이때 침묵은 힘이자 의지이다. 그럼, 침묵의 실패가 미덕이 되는 때는 언제인가? 그건 박순원의 시가 발화를 시작할 때이다. 특히 일상의 분주와 분발 속에서라면 더욱 그렇다. 그의 시에서 침묵의 실패가 불안하지도 충격적이지도 않을 뿐더러 지극히 일상적이고 심지어는 본질적인 것처럼 보이는 까닭이 여기에 있다. 하여 다변은 어쩔 수 없는 일이다. 문제는 이러한 훤소(喧騷)가 매번 침묵의 실패에 대한 자각과 후회를 불러올 때이다. 이런 의미에서 그의 다변이 생산하는 웃음은 현실에 대한 풍자와 더불어 그러한 현실에 결속되어 있는 자신에 대한 비아냥거림을 포함하고 있다고 해야겠다.

곧 익살과 냉소. 따라서 두 웃음 사이에서 요동치는 다변에서 실소(失笑)와 조소(嘲笑)의 뼈를 발라내는 일은 그의 시를 음미하는 첫 번째 칼질이라 할 만하다. 여기에는 "목숨을 건 비약"(「비약 삐약삐약」)이 도사리고 있기 때문이다.

나의 알량한 지식은 목숨을 건 비약을 통해 강의가 된다 나의 맥 빠진 강의는 또다시 목숨을 건 비약을 통해 상품이 된다 한 시간에 삼만팔천 원 또는 사만오천 원 운이 좋으면 육만이천 원 도라지가 복숭아가 토마토가 이웃끼리 나눠 먹던

토란이 연근이 감자 고구마가 상품이 되듯이 사과 배 대추 밤이 얌전하게 포장이 되듯이 고등어가 참치가 통조림이 되듯이 조금 전까지 살아서 헤엄치던 광어 농어 우럭이 목숨을 내려놓고 사만오천 원 회 한 접시가 되듯이

철광석이 목숨을 걸고 쇳덩어리로 쇳덩어리가 목숨을 걸고 강철판으로 강철판이 목숨을 걸고 자동차로 변신하듯이 나의 감성과 느낌과 헛소리가

시가 되기도 한다 역시 목숨을 건 비약이다 그 시들이 원고료가 되고 시집으로 묶여 한 권에 팔천 원 구천 원 또다시 비약한다 상품이 되어 진열된다 나는 가끔

내 시집을 내 돈을 주고 사기도 한다

처갓집도 외갓집도 고향의 맛도 놀부도 원할머니도 이미
목숨을 걸었다 청춘도 우정도 낭만도 목숨을 건다 어머니의
정성도 손길도 외할머니 할머니 이모 삼촌 이웃사촌 힐링
힐링 아빠의 사랑 쌀국수 떡라면 만두라면 비약만 하면 비
약만 할 수 있다면

—「비약 삐약삐약」 전문

"목숨을 건 비약"이란 말에 '목'을 걸 수 있다면, 이는 이
말 속에 '숨'이 배어 있기 때문이다. "시시한 놈들 껄렁한 놈
들"(「아무나 사랑하지 않겠다」)만을 사랑하는 데 목숨을 걸겠다
는 첫 번째 시집의 선언과, 자기 자신이 한갓 "삶은 감자처
럼 숟가락으로도/으깨지는 사람"(「주먹이 운다」)임을 자백한
두 번째 시집 사이에는 '숨결'의 친연 관계가 있다. 그런데
이러한 '숨결'이 변곡의 기미를 드러내기 시작한 때는 그의
세 번째 시집에서이다. "나는 전향하였다 연말정산 서류를
작성하고/사인한 것으로 전향서를 대체한다"(「연말정산」)는
선언을 보라. 그러니까 그는 오랫동안 꾸었던 '소박한' 꿈인
정규직으로의 전환에 목숨을 걸었던 것이다. 따라서 이번
시집은 "목숨을 내려놓고" 혹은 "목숨을 걸고" 쓴 "감성과
느낌과 헛소리"의 정산(精算)이라 할 만하다. 물론 여기에는
한 가지 조건, 곧 "비약만 하면 비약만 할 수 있다면"이라는
단서가 붙어 있어야 하겠다. 그렇다면, 한때 그의 '목'과 '숨'
의 원천이었던 '사랑'과 '울분'은 어떻게 된 것인가? 이들은

98

그저 "비약"을 위한 판돈, 정규직이라는 생활 세계에 진입하기 위해 선납된 '원천징수'에 불과한가? 마치 "내 시집을 내 돈을 주고 사기도 한" 것처럼 말이다. "비약"에 앞서, "삐약삐약"의 분주(奔走)부터 살펴야 할 이유가 여기에 있다.

사랑과 울분의 연말정산: 현실주의자의 체질 개선

박순원의 첫 시집(『아무나 사랑하지 않겠다』, 나남, 1992)이 현실의 모순적 구조에 대한 비판과 풍자를 감행했다는 것은 재론의 여지가 없어 보인다. 일상에서부터 종교에 이르기까지 그의 시가 견지했던 비판과 풍자의 정신은 우리가 간과했거나, 간과하려 했던 현실의 속악함을 통렬하면서도 재치 있게 꼬집어 보여 주었다. 특별히 「세기말」 연작 시편들을 보라. 이들은 "아무나 사랑하지 않겠다"는 선언이 아무나 할 수 있는 말이 아님을 여실히 보여 주고 있다. 사랑의 대상에 대한 강력한 선별 의지가 그러한 대상으로의 기투(企投)와 헌신을 함축한다면, 그의 비판과 풍자의 정신은 속악한 현실 내부에서의 실천적 노력을 통해 입증될 수밖에 없었을 것이다.

두 번째 시집(『주먹이 운다』, 서정시학, 2008)에서 주목할 바가 이것이다. 첫 시집 이후 오랜 기간 동안 현실 세계를 주유하면서 유독 시적 발화에 대해서만큼은 침묵을 지키고 있었던 저간의 사정은, 역으로 오랜 주유 후에 다시 시 쓰기에 몰두하게 된 사연을 가늠하는 잣대가 된다. 문제는 두 번째 시집이 자국의 영토를 확장한 자가 부르는 개선가(凱

旋歌)가 아니라 자신의 신체만을 유일한 영토로 구성한 자가 부르는 갱생가(更生歌)라는 점에 있다. 이 노래에서 우리가 마주하는 것은 크게 두 가지인데, 하나는 비판과 풍자의 정신의 탈색이고, 다른 하나는 일상의 분발이 거듭 실패하는 자리에서의 서정이다. 후자에 관해서라면, 두 번째 시집 속 「구운몽」에 토설된 진솔한 마음의 표백을 간과할 수는 없을 듯하다.

스물여덟 때 나는 영화 연출부 써드였다 현장에서 자전거를 빌려 오고 촛불 이백 개를 켜서 생일잔치 방을 꾸미고 장롱을 옮기고 목장갑 낀 손으로 대본을 넘겨 가며 다음 씬 준비를 하고 여주인공이 전화기를 집어 던지고 프레임 밖에서 방석으로 받아 내는

그러다가 출판사 편집 직원이 되었다 깍뚜기가 맞나 깍두기가 맞나 사전을 찾아보고 뇌졸증을 뇌졸중으로 바로잡고 뾰족한 사식 칼로 잘못된 글자를 긁어내며 내 기억도 이렇게 긁어낼 수 있다면

또 그러다가 학원 강사가 되었다 학생들은 나를 싫어했지만 나는 경험이 많았다 새벽 두 시에 수업이 끝나면 여섯 시까지 술을 마셨다 어떤 반에서는 윤동주가 게이오 대학을 다니다가 죽었다고 했고 또 어떤 반에서는 와세다 대학이라고 했다 나중에 송우혜가 쓴 윤동주 평전을 읽고 너무 부끄

러웠다

　　얼마 전 「용서받지 못할 자」를 보고 더 부끄러웠다 특별
행사로 영화 한 편에 사천 원 세 편을 내리 보면 팔천 원 하
는 DVD방 옅은 어둠 속에서 알바생이 영화 끝났는데요 똑
똑 문을 두드리는데 내 청춘도 저렇게 지나갔구나 눈가가
뜨거워지고 몸이 자꾸 오그라드는 것 같아 다른 문이 있으
면 확 열고 그쪽으로 나가고 싶었다
　　　　　　　　　　　　　—「구운몽」(『주먹이 운다』) 전문

　‘구운몽’처럼 지나간 이십대 후반에서 사십대 초반까지
의 생의 이력이 그대로 서술되는 이 시에서 주목할 것은 그
가 어떤 직종에 종사했느냐의 문제가 아니다. 첫 번째 시집
에 두드러졌던 현실의 부조리에 대한 풍자와 비판이, 여기
에 이르러 ‘부끄러움’이란 이름을 달고 생의 비참을 표방하
고 있다는 점이 중요하다. 예컨대, "이제부터는 독선과 아
집만으로/고집불통으로 살아가겠다"(『아무나 사랑하지 않겠다』)
는 호기로운 선언이 "내 청춘도 저렇게 지나갔구나"라는 자
각의 체를 통과하면서 스스로를 "용서받지 못할 자"의 부류
로 걸러 내는 일. 이것이 두 번째 시집에서 두드러진 태도
이다. 전력을 투자했던 과거의 시간이 한갓 ‘구운몽’에 불과
했다는 반성, 하여 "영화 끝났는데요"라는 「구운몽」의 엔딩
크레딧은 청춘의 종료를 아프게 고지한다. 이로부터 "누가
맨홀 뚜껑 좀 덮어 줘요 반성하며 야위겠어요 체질을 바꾸

겠어요"(「맨홀 속에서」)라는 반성문이 제출된다. 이는 풍자와 비판의 정신이 갱생의 "맨홀"에 빠졌음을 의미한다. "용문 고시텔"(「용문고시텔」)이 "맨홀"의 현대적 이름이라면, "썩고 있는 과일"(「서정적 구조」)은 그곳에 거주하는 자의 내부 구조를 지시한다.

①

나는 체구가 작아서 참 다행이라고 생각한다 내 방은 손바닥만 한 창이 있어서 다른 방보다 비싸다 창을 열었다 닫았다 눈을 감았다 떴다 하다 보면 하루가 간다 엎드려서 고개만 들면 동네 지붕들이 내려다보인다 비가 오는 날에는 도둑고양이도 없다

—「용문고시텔」(『주먹이 운다』) 부분

②

나는 떨어진 과일이다 떨어져서 엉덩이가 썩고 있는 과일이다 다 익지도 못 하고 떨어져 억울하게 썩어 가고 있는 과일이다 향기와 빛깔과 맛과 감촉이 바뀌고 있는 중이다 썩지 않은 부분으로 눈을 시퍼렇게 뜨고 얼마나 잘사나 보자 노려보고 있는 중이다 윤곽과 윤곽을 채운 살들이 뭉개지고 있는 중이다

—「서정적 구조」(『주먹이 운다』) 부분

'용문동(龍門洞)'이든 '등용문(登龍門)'이든, "용문고시텔"

은 '용문(龍門)'이라는 거창한 이름을 머리에 이고 태어났음에 틀림없다. 그러나 그것이 얼마나 허망한 이름인지는 IMF 이후 우리 사회가 지금까지도 목도하고 있는 바이기도 하다. 이런 의미에서 "용문"은 '용문(兀文)'이 아닐 수 없다. "고시텔"에 은닉된 '호텔(hotel)'은 왜 아니겠는가. "동네 지붕들"의 조망권이 사치가 되는 이곳에서는 "손바닥만 한 창"의 확보조차도 "비싸다"와 "참 다행" 사이를 진동한다. 작은 체구가 생활의 비참을 보상하는 이 기이한 적자생존. ②의 "다 익지도 못 하고 떨어져 억울하게 썩어 가고 있는 과일"은 그곳에 적재된 생의 비참을 적절히 비유한다. 증오의 얼룩진 시선("눈을 시퍼렇게 뜨고 얼마나 잘사나 보자 노려보고 있는 중")이야말로 허물어지는 내부 구조("윤곽과 윤곽을 채운 살들이 뭉개지고 있는 중")를 훤히 비추는 창문이기 때문이다. 따라서 "썩어 가고 있는 과일"은 내부에서부터 붕괴하고 있는 시적 주체의 "서정적 구조"의 은유라고 할 수 있다. 여기서 억울하다는 인식에 의해 촉발된 증오의 시선은 "사과"의 성장 촉진제가 아니라 부패 촉진제가 된다.

이러한 붕괴 직전의 "서정적 구조" 위에서 세 번째 시집(『그런데 그런데』, 실천문학사, 2013)의 "체질"이 위태롭게 지탱되고 있다는 사실을 강조할 필요는 없어 보인다. "향기와 빛깔과 맛과 감촉"이 멍들어 가는 것은 "사과"만이 아니라 시집 도처에서이기도 하다. 이 중 내부의 살들이 허물어지는 소리에 관해서라면 「폭포」만한 것도 없다.

금잔화도 인가도 보이지

않는 밤이 되면 나는

카드를 긋는다 조그맣고

네모난 플라스틱 카드를

한도껏 힘껏 내리긋는다 찌릭찌릭

혓바닥처럼 올라오는 영수증

하단에 오른쪽 위로 날아오를

듯이 날렵하게 사인을 한다

나타와 안정을 뒤집어엎을 듯이

주저 없이 사인을 한다 통장에서

졸졸졸 반성에 졸졸졸 반성을

거듭하며 미간을 찌푸리며 졸졸졸

흐르던 돈이 폭포처럼 쏟아져 내려 어디론가

흘러간다 무서운 기색도 없이

폭도 높이도 없이

수직 낙하한다

금잔화도 인가도 보이지

않는 밤이 되면 나타와 안정을

뒤집어엎을 듯이 취한 순간조차

마음에 주지 않고

무서운 기색도 없이

— 「폭포」(『그런데 그런데』) 전문

김수영의 「폭포」와 박순원의 「폭포」는 그 낙차가 크다. 전

자에서 낙하하는 폭포는 "고매한 정신"의 표상이지만, 후자
에서 그것은 "돈"의 유출을 표상한다. 이러한 패러디가 폭
로하고자 하는 것이 "고매한 정신"마저도 소비하는 자본의
냉혹한 흐름임은 알기 어렵지 않다. 여기에 그 흐름에 휩쓸
려 갈 수밖에 없는 자의 비애가 쏟아진다. 시적 주체의 비
애는 "한도껏 힘껏 내리긋는" 밤의 호기와 통장 잔고의 유
출이 각성시키는 낮의 반성 사이에서 흘러나오는 것이다.
카드 리더기가 승인하는 "찌릭찌릭" 소리와 "졸졸졸" 새는
통장 잔고의 소리는 그러한 비감을 강화하는 시적 장치로
기능한다. '날렵한 사인'의 최종 결과가 일상생활의 붕괴를
초래할 수밖에 없다면, 그의 "사인"은 현실 잔고의 사인(死
因)이라고 말할 수도 있겠다. 즉 서명하는 자는 스스로 사
망진단서를 발급하는 자이기도 한 것이다. 시「연말정산」은
혼수상태에 처한 자의 최종 선택이 무엇인지를 아프게 고
지한다.

　　　　나는 달면 삼키고 쓰면 뱉는다
　　　　나는 전향하였다 연말정산 서류를 작성하고
　　　　사인한 것으로 전향서를 대체한다
　　　　나는 자본에 종속되었다 영어와 일어를 익히지
　　　　못한 것을 몹시 후회하고 있다 요새 중국어를
　　　　조금 배운다 중국공산당은 이미 나보다 훨씬
　　　　더 먼저 전향했다 장사에 이골이 날 친구들이다
　　　　나는 달면 삼키고 쓰면 뱉는다

나는 투항하였다 꿈은 소박하다 정규직이다

올해 처음 해 본 연말정산을 해마다 거르지

않는 것이다 달콤한 꿈이다 꿀떡처럼 그냥

꿀꺽 삼키고 싶다 연말정산 없이 살아온 세월을

참회하고 회개하며 나는 달면 삼키고 쓰면 뱉는다

나는 자본에 종속되어 있으므로 종속변수다

e-편한 세상 자본의 흐름에 나를 맡길 뿐이다

다리를 쭉 뻗고 때로는 다리를

오그리고

—「연말정산」(『그런데 그런데』) 전문

   우리가 연말에 정산해야 할 것은 무엇인가? 연말정산은 '원천징수'로 선납한 우리의 '몫'을 되찾아 오는 행위인가, 아니면 현실의 '나머지'에 매달리겠다는 투항의 선언인가? "나는 전향하였다 연말정산 서류를 작성하고/사인한 것으로 전향서를 대체한다"는 후자를 선포한다. '울분의 주먹'이 연말정산을 통해 최종 정산한 것은 "자본에 종속"할 때 소비되는 이주비로 낙찰되었다. 여기서 목도하는 것은 현실주의자로 전락한 자의 비루이지만, 통찰해야 할 것은 현실주의자로의 선택이 "전향" 혹은 "투항"과 같은 관점으로 해석되는 이유이다. 왜냐하면 이는 진짜 "전향"과 "투항"은 없고, 연말정산을 정치적 전향서의 수준으로 격상하는 한에서만 변절이 가능함을 암시하는 것처럼 보이기 때문이다. 여기에는 우리가 예상하지 못한 더 큰 비참이 도사리고 있는 것처럼 보인다. 현실이 연말정산에 서명하는 것 이외에 그 어떠한 다른 방식의 "전향" 혹은 "투항"도 허용하지 않는다면, 「연말정산」에는 오직 연말정산을 하는 자의 분주만이 남을 따름이다.

그러므로 "나는 달면 삼키고 쓰면 뱉는다"는 말은 연말정산에 자기의 정체성을 기입하지만, 그 실효는 정치적 전망의 부재라는 조건에서만 발효된다고 하겠다. "꿈은 소박하다 정규직이다"라는 누설된 침묵이 발설되는 것은 바로 이때이다. 그러니까 그가 참회하고 있는 것은 "연말정산 없이 살아온 세월"이 아니라 '소박한 꿈'이 실현되지 않고 있는 현재의 시간인 셈이다. 시집의 끝에 웅크리고 있는 "꿈틀"(「시인의 말」)이라는 말은 갈변의 와중에 있는 "체질" 개선이 어디로 향하고 있는지를 암시한다는 점에서 의미심장하다. 그리고 여기서 뭔가가 태동한다. 어쩌면 진짜 박순원의 것이라고 할 만한 무언가가 말이다.

다른 시대에 태어났다면: 초현실주의자의 현실적 꿈

나는 정치적으로 파산하였다 재기할 길이 없다 태어날
때부터 파산 상태였고 다시 일어설 방법이 없다 우리 할아
버지의 할아버지의 할아버지의 할아버지의 할아버지의 할
아버지께서는 우암 송시열의 사약을 들고 가셨던 관리였다
그리고는 내리막길 그 이후로 우리는 나는 재기할 수 없었
다 농사를 짓고 장사를 하고 나는 대학을 나왔지만 과거에

응시하지 않았다 그래도 사립학교법 등 관련 법규에 의거 교원 임용에 하자가 없으니 시골에서 선생을 하고 있으니 신라 시대로 따지면 일두품이나 이두품쯤 되지 않을까 경제적으로는 근근이 살아가지만 정치적으로는 파산하였다 재기할 길이 없다 완전히 아주 꽉 막혀 버렸다 사람들을 모아서 반란을 꿈꾸지도 못하고 가끔 촛불을 들고 기원한다 모든 사람들이 평등하기를

—「파산」 전문

각설하고 '정치적 파산'부터 선고하는 자의 심리는 무엇인가? 스스로에게 정치적 파산을 선고하는 자의 비애에 대해서는 이제 문제 삼을 필요가 없을 듯하다. 이 시가 겨냥하는 것이 그러한 비애의 누설을 통해 자신의 처지를 위로받는 데 있는 것이 아니기 때문이다. 주목할 것은 마지막 구절이다. "기원"은 출생 시부터 전제된 정치적 파산의 바깥에서 '불발된 침묵'의 일부를 누설하기 때문이다. 그렇다면 그는 내밀한 차원에서는 아직 "반란"의 꿈을 포기하지 않은 것인가? 그렇게 보기는 더욱 어려워 보인다. 정치적 파산의 선고는 "반란"의 실천을 처음부터 울타리 치고 있기 때문이다. 이런 의미에서 "모든 사람들이 평등하기"를 바라는 마음은, "반란"으로 진화(進化)하지 못한 채 내부에서 진화(鎭火)되는 '정치성'을 표백한다.

여기에 시적 주체의 괴리가 누설되고 있음은 분명해 보인다. "경제적으로는 근근이 살아가지만 정치적으로는 파

산하였다"는 구절에 명시된 경제적 연명과 정치적 파산 사이의 괴리. 이를 「연말정산」이 표명하고 있는, 생존을 위한 정치적 전향으로 해석할 여지가 있는가? IMF 이후 경제적 파산이 목하에서 우리의 숨통을 겨누게 된 이래로, '목구멍이 포도청'이란 속담처럼, 먹고사는 데 목을 건 숱한 목숨들이 자발적으로 혹은 불가피하게 '정치적 파산'을 선고하였음을 우리는 잘 알고 있다. 그러나 지금의 경우는 상황이 다르다. "경제적으로는 근근이 살아가지만"이 누설하듯, 어렵긴 하지만 아예 살아갈 방도가 없지는 않기 때문이다. 지금 살고 있는 곳이 "용문고시텔"이란 이름의 "맨홀"은 아니지 않은가. 그의 정치적 파산 선언이 비장하지 않은 까닭이 여기에 있다.

그렇다고 이를 가난과 곤궁의 상대성에 대한 문제 제기로 오해해서는 안 된다. 핵심은 경제적으로 구제금융을 받은 자의 한 발 늦은 정치적 파산 선고를 어떻게 이해할 것인가에 있다. 즉 정치적 파산의 이유가 경제적 연명을 위한 것이 아니라면, 이러한 뒤늦은 파산 선고를 통해 정산하고자 하는 것이 무엇인지를 물어야 한다는 말이다. 이러한 물음이 '시와 정치 논쟁'에 비한다면 소박하게 보일지 모르지만, 바로 그러한 이유 때문에 더욱 소중한 것이기도 하다는 사실을 잊어서는 안 된다. '사랑'과 '당위'가 실패한 자리에서, 가난과 곤궁에서 배태된 정치적 참여가 봉착한 한계 지점을 예시하는 것처럼 보이기 때문이다. 달리 말해, 가난과 곤궁에 터를 잡지 않은 정치적 참여의 모색이야말로 정치적 파산 선고의 파산에 대한 타진일 수 있는 것이다. 이로 써 문제가 더욱 복잡해졌다. 그러나 이러한 곤혹이 정치적 파산 선언으로부터 지금 우리가 진정으로 정산해야 할 것 이 무엇인가라는 물음조차 파산에 빠뜨리는 것은 아니다. 이러한 생각을 장전한 채, 문제적인 시 한 편을 톺아 보자.

> 일제시대 태어났더라면 나는 친일을 했을 것이다 아니 친일할 기회가 없어서 기회가 오기만을 기다렸을 것이다 어 떻게 하면 출세를 할 수 있을까 어떻게 하면 돈을 벌 수 있 을까 일본 사람한테 잘 보여 한몫 잡을 수 없을까 아니면 일 본 사람한테 잘 보여 한몫 잡은 사람한테 잘 보여 조그만 몫 이라도 챙길 수 없을까 일본이 망하리라고는 꿈에도 생각하 지 못했을 것이다 지하에서 은밀히 떠도는 독립운동 독립투 사 임시정부 이야기 따위야 현실감 없는 먼 나라 딴 나라 이 야기로 귓등으로 흘리며 현실에 충실하고자 했을 것이다 총 독부에 다니는 사람 은행에 다니는 사람들을 부러워했을 것 이다 일본어가 유창하지 못해서 스트레스를 받았을 것이다 자동차를 타 보고 싶었을 것이다 청요리를 먹고 싶었을 것 이다 신사참배하러 가는 긴 줄 속에 있었을 것이다
> ─「밝은 달은 우리 가슴 일편단심」 부분

다른 시대와 환경 속에 태어났다면 우리의 삶은 어떻게 달라졌을까? 이 상식적인 상상이 두드러지게 보여 주는 것 은 다른 시대와 환경에 대한 기대와 희열이지만, 박순원의

시에 자리하는 것은 '지금 여기'에 터를 잡은 생을 어떻게든 건사해야 한다는 자각이다. "현실에 충실하고자 했을 것"이라는 구절은 이를 명시적으로 보여 준다. 특이한 것은 위의 시에서 비교의 대상으로 삼은 시대가 태평성대가 아니라 일제 치하라는 점이다. 이것은 현실에의 충실이 유토피아를 상정하는 것의 허망함에 대한 자각을 통해 얻어진 결과물이 아니라, 디스토피아에서도 여전히 그러할 수밖에 없다는 자각을 통해 얻어진 결과물임을 의도적으로 표현한다. 여기서 현실에의 충실의 이면에 기회주의자적 태도가 자리한다고 매도하고 싶어질지도 모르겠다.

그러나 이 시를 특정 시대로의 회귀 의지로 해석하는 것은 금물이다. 특정 시대에 대한 찬양과 고무가 부재하기 때문이다. 또한 이 시가 현실에의 충실이라는 미명 하에 자신의 처세술을 합리화하고 있다고 단정하는 것도 주의를 요한다. 특정 시대가 필연성을 지닌다는 역사성에 대한 자각이 부재하기 때문이다. 역으로 자신의 이러한 현실주의적·기회주의적 행태에 대한 우회적인 비판과 풍자로 해석할 여지도 적다. 이 시의 곳곳에 산포된 "출세"와 "돈"과 "한몫"에 대한 궁리들은, 전술한 바대로 현실에의 충실의 일환처럼 보이기 때문이다. 분명한 것은 위의 시가 "나"의 속성 혹은 본질에 대한 솔직한 인정에서 출발하고 있다는 사실이다. 이는 현실에의 충실이 '정치성'의 바깥에서 구축되고 있다는 것을 보여 준다. 이런 점에서 이 시는 '정치적 파산'이라기보다는 '주체성의 파산' 선고에 가깝다. 현실에의 충실이 지닌 함의는 비정치적 주체의 파산 선고에 있었던 것이다. 인용되지는 않았지만, 시의 마지막 부분에 웅크리고 있는 "한동안만 죽은 듯이 살면"이라는 가정은 이를 암시한다.

호구지책도 있고 속수무책도 있다 묵묵부답 천변만화 기타 등등이 있다 나는 뿌린 대로 거두었고 지금도 뿌리는 중이다 이생에서 거두지 못한 것은 내생에서 호사다마 새옹지마가 나를 지나갔다 오비이락 일촉즉발 호가호위 풍전등화 토사구팽과 더불어 늘 주사위가 던져지고 살생유택 굽신굽신 비굴비굴 일노일노 일소일소의 정신으로 정신일도 하사불성 취중진담 낙장불입 한 번 실수는 병가지상사 일찍 일어난 새가 되어 구르는 돌이 되어 이끼 따위야 이끼쯤이야 구르며 부딪히는 힘으로 문질러 없애며 일보전진 이보후퇴 반공방첩 멸사봉공 형설지공 자조자립 협동근면 알묘조장 수주대토 때를 기다리며 자포자기 운칠기삼 뿌리째 송두리째 발본색원 근묵자흑 근주자적 검호거궐 옥출곤강 신토불이 위중즐가 태평성대 산해진미 금전출납 요조숙녀 군자호구 호구 호구가 되어 현재진행 과거완료 내가 만일 새라면 새였더라면 새였었더라면 주사위가 던져지면 주사위를 따라서

—「나에게는 일장일단이 있다」 전문

"호구지책"과 "속수무책" 사이에 경제적 연명과 경제적 파산이 자리를 다툰다면, "호사다마와 새옹지마가 나를 지

나갔다"는 과거완료형에는 우리의 생이란 "이생"에서 정산
될 수 없다는 인식이 내재해 있다. 이 경우 우리가 기대할
수 있는 건 "때를 기다리며" "자포자기"하거나 "운칠기삼"
에 명운을 맡겨 보는 일이 전부일 것이다. "내가 만일 새라
면 새였더라면 새였었더라면"이라는 상상이 무기력한 이
유가 여기에 있다. 이에 "주사위가 던져지면 주사위를 따라
서"라는 우연에 의탁한 처세술이 등장하지 않을 수 없어 보
인다. 이는 자발적으로 "호구 호구가 되어" 세상을 구르는
일을 자신의 처세술로 받아들였음을 의미한다. "전체적인
흐름도 모르고 리허설도 없이 그때그때 애드립으로"(「각본도
연출도 없이」) 사는 생과 다를 바 없다. "초현실주의자 행세"
는 이와 호각세를 이룬다.

초현실주의자 행세를 한다 나를 갑갑하게 하는 옴짝달싹
할 수 없게 옥죄는 제도 규칙 관습을 작살내 우적우적 씹어
먹을 듯이 그리고 하루에 두 끼를 먹는다 별일 없는 날에는
소주 한 병을 마신다 별일 있는 날에는 소주 세 병 맥주 또
다시 소주 헤아릴 수 없이 마신다 마시고 친구한테 욕을 한
다 집에 돌아와 양치질을 하고 잠든다 긴 시간을 자고 또다
시 하루 두 끼 소주 한 병 이것이 나의 현실이다 초현실이
다 아직 현실에 도달하지 못한 현실이다 현실 너머 현실 이
전 현실 그 자체다 넘어서고 싶은 수리하고 싶은 질척거리
는 수런거리는 현실이다 연탄재가 굴러다니는 발로 차고 싶
은 현실이다 너를 꽃이라고 부르면 내게 와서 꽃이 되는 아

니 눈물을 흘리우는

—「나는 브르통이 아니지만」 전문

초현실주의자 앙드레 브르통의 초현실주의 선언을 보지 않더라도, 위의 시가 초현실주의 및 자동기술법과 특별한 관련이 없음을 알아채는 것은 어렵지 않다. "초현실주의자 행세"는 이와는 전혀 다른 맥락 속에 있다. 여기서의 맥은 "제도 규칙 관습"과 화해하지 못하는 일상이 "초현실주의자 행세"의 자장 속에서 옴짝달싹하지 못하는 것을 아는데에 있다. 이런 맥락에서 "이것이 나의 현실이다 초현실이다"라는 이중적 규정은 이율배반적이지 않다. "넘어서고 싶은 수리하고 싶은 질척거리는 수런거리는 현실"이야말로 "현실에 도달하지 못한 현실"이라는 의미에서의 "초현실"이기 때문이다. 이것은 "초현실"이 일상을 넘어서는 진리의 근사치가 아니라 일상에 고착된 허위의 근사치임을 암시한다.

이율배반적인 것은 "초현실주의자"와 "초현실주의자 행세" 사이에 존재한다. 이는 현실을 뛰어넘는 가능성으로의 "초현실"의 부재를 뜻한다. 이미 온몸으로 "현실"에 투항한 자이기 때문에, 아니 연말정산에 사인함으로써 나머지와 '꿈-현실'을 맞바꾸었기에, "초현실주의자 행세"는 새로운 '정치성'을 발굴해 내지 못하는 자의 불가능한 처세술이 될 수밖에 없다. 따라서 그의 "현실"에서는 "너를 꽃이라고 부르면 내게 와서 꽃이 되는" 일이나, "눈물을 흘리우는" 일은 없다. 이런 의미에서만 본다면, "초현실주의자 행세"는 "맨

입의 주술사"(「맥가이버」, 『아무나 사랑하지 않겠다』)의 '주술'과 크게 달라 보이지 않는다. 현실주의적으로 표현하자면 그의 "현실"은 '주(酒)술'이겠고, 초현실주의적으로 표현하자면 그의 "초현실"은 "돼질꿈"(「돼지」)이 될 것이다. 양자는 "초현실주의자"도 되지 못하는 자신에 대한 냉소에서 하나로 만난다. 이는 현실주의자의 지극히 현실적 발언들이 주체의 파산을 내장하고 있음을 암시한다. "나는 내가 알지 못하는 어떤 사람이 되었다"(「영화를 보았을 뿐인데」)는 자각으로부터 우울이 출현하는 것은 당연한 일이다.

시작술의 '카메라온': 표절주의자의 소시민성

그러니 이번 시집에서 다음과 같은 질문이 제기되는 것은 필연적이다. 정치적으로 파산을 선고한 현실주의자의 시 쓰기는 "초현실주의자 행세"에 지나지 않는가? 그의 시들이 공적인 차원에서는 정치적 실천의 장의 부재를 지양하고자 하는 의지에서 비롯하고 있음은 분명해 보인다. 그러나 사적인 차원에서는 때로는 울증(鬱症)으로 또 때로는 조증(躁症)으로 발산되는 시적 언술들은 암담한 일상에 무기력하거나 "초현실"로 탈출하려는 동기가 되고 있음 또한 부정하기 어려워 보인다. 그러므로 위의 질문은 시 쓰기의 영역에서는 시적 발화의 "초현실주의자 행세"가 무엇인가라는 물음으로 환치될 수 있다. 그의 시에서 접속부사는 그러한 "행세"가 펼쳐지는 공연장이다. "그런데"에서 "따라서"로의 전환을 보자.

나는 그런데가 좋다 그리고도 그렇고 그러나도 그저 그
렇고 그러므로는 딱 질색이다 그런데 그런데야말로 정겹고
반갑다 누가 손가락으로 나를 딱 짚으며 이렇게 묻는다 그
런데 너는? 나는 이렇게 대답한다 그야 나야 물론 그런데
순둥이 같은 그리고는 개성이 없다 그러나는 까칠하다 그러
므로는 고지식하다 그러니까는 촌스럽다 특히 끝의 두 글자
니까가 마음에 안 든다 그런데는 두루뭉술하면서도 날렵하
게 빠져 다닌다 그랜저 같다 그런데와 함께라면 어디든 갈
수 있다 그런데 말이지 천연덕스럽게 자기가 가고 싶은 쪽
으로 말머리를 돌린다 그러므로로서는 상상도 할 수 없는
일이다 나는 어떤 이야기 속에서 천 개가 넘는 그런데를 본
적이 있다 안 가 본 데가 없고 황홀하기 그지없었다 그런데
는 아주 짧게 짜증도 낼 수 있다 그런데
　　　　　　　—「아라비안나이트」(『그런데 그런데』) 전문

　접속부사는 앞과 뒤의 문장의 관계를 표시한다. 따라서
접속부사는 앞과 뒤의 문장의 사이에서 양자의 관계에 종
속된다. 이런 의미에서 본다면 접속부사의 존재는 그리 대
수롭지 않은 것으로 간주될 여지가 있다. 생략 가능하기 때
문이다. 그런데 "그런데"라면 상황이 다르다. "그리고" "그
러나" "그러므로"는 그렇지 않은데, "그런데"는 어째서 자
유와 동시에 필연을 구가하는가? 박순원의 시에 따르면,
"그런데"는 "천연덕스럽게 자기가 가고 싶은 쪽으로 말머
리를 돌"리는 재주가 있기 때문이다. 그러니까 "그런데"는

앞 문장의 의미에 직접 종속되지 않음으로써 문장들의 사이를 "두루뭉술하면서도 날렵하게 빠져 다"니는 신통력을 지닌 부사인 것이다. 이것이 문장과 문장의 사이에서 "그런데"가 처신하는 방법이자 기술이다.

"그런데"의 문장 속 처세술은 "그런데"형 인간의 생활 속 처세술과 다르지 않다. 주어진 것 앞에서 "천연덕스럽게 자기가 가고 싶은 쪽으로" 살아가는 이러한 방식이 가진 장점은, 단연코 "어디든 갈 수 있다"는 기개이다. 앞에 주어진 것이 눈앞의 생의 조건이든 과거의 이력이든, "그런데"형 인간은 완료된 과거에 종속되지 않는다. 이런 점에서 앞의 문장에 인과적으로 접속되어 있는 "그러므로"형 인간의 처세와는 선명하게 구분된다. 자유의 면에서 보자면 "그런데" 형 인간을 따라올 자는 없어 보인다. 그런데 말이다. "그런데"적 태도가 삶을 규율하는 하나의 원칙이 된다면 어떻게 되는가? 전환이라면 그 무엇도 무방하다는 생각이 재미와 "황홀"의 벽을 넘는다면? 두서없음이 야기하는 혼돈은 둘째 치더라도, 전환에 대한 강박은 "그런데"의 경화와 소멸을 낳을 수밖에 없을 것이다. 따라서 새로운 접속의 방식은 필연적이다. 이번 시집에 새롭게 출현한 "따라서"는 그러한 고민의 연장선에 있다.

따라서 따라서 따라서 따라서를 반복하며 따라서를 따라 나는 가로수를 따라 걷고 횡단보도를 따라 길을 걷는다 따라서 나는 사람이다 따라서 너는 강아지이고 따라서 나는

너를 사랑한다 따라서 별빛이 다다르고 따라서 귀뚜라미가
운다 따라서 토마토가 붉게 익고 어미 소가 송아지를 낳는
다 따라서 어떤 사람은 십 년 형을 어떤 사람은 집행유예를
선고받는다 따라서 그러므로 고로 ∴ 함께 따라다니는 말씀
을 따라 인정을 따라 법과 율을 따라 핏줄을 따라 따라서 새
끼가 어미를 따라 따라서 나는 만 원짜리 한 장을 주고 삼천
오백 원을 거슬러 받는다 따라서 천하루 밤의 긴 이야기가
펼쳐지고 따라서 세상이 잠잠해지고 따라서 평화유지군이
창설되고 따라서 사랑이 싹트고 모래알이 싹트고 따라서 고
래 사냥이 금지되고 따라서 쑥부쟁이가 멸종 위기에 처하고
따라서 재난 지역이 선포되고 지구의 자전을 따라서 공전을
따라서 밤낮이 계절이 천년 후에도 만년 후에도

—「따라서」 전문

"그런데"에서 "따라서"로의 전환은 전환인가 인과인가?
이런 질문이 제기되는 이유는 그가 이미 "중복 세력"(「나는
거듭거듭」)임을 자처했기 때문이다. 어떤 행위와 사고를 중
복하는 방식의 차이는, "그런데"가 그렇듯이 특정의 처세술
과 밀접한 관련이 있다. 따라서 "따라서 그러므로 고로 ∴"
식 처세술의 의미에 대해 묻지 않을 수 없다. 「아라비안나
이트」에서 "그러므로는 고지식하다"는 발언에 준하여 판단
한다면, 「따라서」는 "고지식"으로의 전환이라고 할 수 있다.
이것은 기존의 생각과 사고로부터의 전환의 방식이 변경되
었음을 보여 준다. 그리고 여기에는 박순원식 시적 전환의

두 가지 함의가 내포되어 있다. 즉 그의 시는 이전의 "그런데"식 전환으로부터 "따라서"라는 새로운 방식으로 전환을 한 것인데, 결정적인 것은 이러한 전환이 기존의 것에 순응하는 방식으로 이루어진다는 사실이다. 전자를 강조할 경우 "따라서"로의 전환은 시작(詩作) 방법의 전환이라는 의미가 두드러지지만, 후자를 강조할 경우 기존의 생활 방식의 순응이라는 의미가 부각된다. 여기에 내재한 역설은 "어떤 이야기 속에서 천 개가 넘는 그런데를 본 적이 있다"(「아라비안나이트」)는 표현과 "따라서 천하루 밤의 긴 이야기가 펼쳐지고"(「따라서」) 있다는 표현 사이에 암시되어 있다. 어떤 이야기의 내부 분절들은 "그런데"로 이루어질 수 있지만, 그 이야기는 다른 이야기에 '따라' 이루어진 것이라는 말이다. 이것은 이야기를 개진하는 방식으로서의 전환과 인과의 미묘한 합종연횡을 암시한다.

나는 변신에 능하다 카라멜온이 되기도
하고 카메라온이 되기도 한다 사람들은
이 둘의 차이를 잘 구별하지 못한다 아니면
내가 장난하는 줄 알고

나는 지금 카라멜온이다

나는 지금 카메라온이다

이렇게 즉각즉각 변신이 가능하다

람바다라는 춤이 있다 바람을 뒤집은
것이다 람바다 It's 람바 아시다시피
영어의 가주어는 따로 번역하지 않는다
카라멜온의 생각이다

수박과 박수 박수무당은 아무런 관계가
없다 서로 물끄러미 어쩌라고
카메라온의 생각이다

나는 피부는 그대로 두고
안쪽을 통째로 바꿀 수 있다
남들은 장난인 줄 알지만

—「나는 바로」 전문

"나는 변신에 능하다"라는 선언으로부터 '카멜레온'을 떠
올리는 것은 자연스러운 일이지만, 박순원의 「나는 바로」
앞에서는 이러한 연상이 무기력한 것도 사실이다. 우선,
"카라멜온"과 "카메라온"은 '카멜레온'의 언어유희, 곧 애너
그램(anagram)의 변주이다. 여기에는 몇 가지 음운변동 현
상이 개입되어 있는데, '카멜레온'이 "카라멜온"이 된 것은
'-멜-'과 '-레-'의 위치 변동과 함께 '-레-'의 '-라-'로의 음
운변동 현상 때문이다. 여기서 음운의 위치 변동은 "카라멜

온의 생각"을 그대로 표상한다. 예컨대, "람바다"는 '바람이다'에서 '람'과 '바'의 위치를 바꾼 것인데, 이는 영어 "It's 람바"의 한국어식 문장이 된다. 한편 '카멜레온'이 "카메라온"이 된 것은 'ㄹ 탈락 현상'과 함께 '-레-'의 '-라-'로의 음운변동 현상이 개입되어 있기 때문이다. 이것이 "카메라온의 생각"인 이유는 여기에는 위치 변동이 없기 때문인데, 이는 "카라멜온"과의 차이를 설명한다. 예컨대, "수박과 박수"는 위치 변동의 결과이지만, 이는 "카메라온"의 'ㄹ 탈락 현상'과 무관하기 때문에 "서로 물끄러미 어쩌라고" 바라볼 수밖에 없을 따름이라는 것이다.

흥미로운 것은 이러한 현상들이 모두 '카멜레온'의 안쪽, 곧 '카——온'이라는 외피 내부의 '—멜레—'에서 벌어지는 음운변동 현상이라는 점이다. 이는 "외톨이"라는 단어의 외피와 내피를 분절하는 사유, 곧 "외와 이는 껍데기 같고/톨만 알맹이 같다"(「외톨이」)와도 맞닿아 있다. 더욱이 이러한 언어 실험은 단순한 "장난"이 아니라 시적 주체의 처세술을 누설한다는 점에서 각별히 주목할 필요가 있다. "나는 피부는 그대로 두고/안쪽을 통째로 바꿀 수 있다"는 주장은 이를 요약한다. 즉 그의 말놀이는 "즉각즉각 변신이 가능하다"는 둔신술(遁身術)을 입증하는 예인 것이다. 그렇다면 이런 말놀이에서 우리가 진짜로 봐야 할 것은 외피의 현란이 아니라 주체성의 "안쪽"을 변신하는 신기이다. 그의 화려한 다변에 속아서는 안 된다는 말이다. 그가 '표절주의자'로 자처하고 나선 것도 이와 전혀 무관하지 않다.

표절을 하겠다 대놓고 제목부터 표절을 하겠다 자꾸만
바라보면 미워지겠지 누가 부르는 노래인 줄도 모르고 누가
작사했는지 누가 작곡했는지도 모르지만 일단 표절하겠다
자꾸만 바라보면 미워지겠지 예전에 아주아주 예전에 어떤
여자가 노래방에서 이 노래를 부르고 나를 떠나서 개인적으
로는 몹시 쓰라리지만 이런저런 개인사를 가슴에 묻고 공개
적으로 표절하겠다 알게 모르게 표절이 횡행하는 표절의 왕
국에서 표절해서 돈도 벌고 명예도 얻는 나중에 표절이 밝
혀지면 한번 멋쩍게 씩 웃어 주고 마는 표절 대마왕들이 설
치는 나라에서 나는 까짓것 만인이 다 보는 앞에서 표절하
겠다 자꾸만 바라보면 미워지겠지 반복해서 조금 비틀고 더
베끼겠다 자꾸만 자꾸만 바라보면 미워지겠지 믿어 왔던 당
신이기에 돈도 명예도 안 되는 표절이 있을 수 있다는 것을
보여 주겠다 쏟아져 흐른 눈물 가슴에 안고 아무짝에도 쓸
모없는 표절 아무 목적도 없는 표절 비실비실하는 표절 호
기롭게 베끼다가 그냥 제풀에 흐지부지 꼬리를 내리는 표절
의 존재를 증명하겠다 자꾸만 자꾸만 바라보면

　　　　　　　　　—「자꾸만 바라보면 미워지겠지」 전문

위의 시에서 표절은 매우 심각한 범죄라는 사실을 되뇌
거나, "표절 대마왕들이 설치는 나라"에 대한 풍자를 읽는
것은 그다지 의미가 없어 보인다. 방점은 "돈도 명예도 안
되는 표절이 있을 수 있다는 것을 보여 주겠다"나 "호기롭
게 베끼다가 그냥 제풀에 흐지부지 꼬리를 내리는 표절의

존재를 증명하겠다"와 같은 선언에서 보듯, 강한 조증이 울증으로 급격히 경사되고 있다는 것에 있다. 이는 비밀결사를 처음부터 누설하고자 하는 지사(志士)의 역설처럼 보인다. 표절의 선언과 그러한 행위의 결과물 사이를 가로지르는 이러한 괴리는 "자꾸만 자꾸만 바라보면 미워지겠지"에 암시되어 있다. 만약 우리가 "미워지겠지"라는 구절이 최종적으로 향하는 곳이 시 자체임을 수용한다면, 표절을 하겠다는 호기로운 선언이 다름 아니라 무기력의 결과임을 알 수 있게 된다. 결국 이 시는 표면적으로는 "그냥 제풀에 흐지부지 꼬리를 내리는 표절"의 존재 증명이지만, 그 이면에는 그러한 행위를 하는 자에 대한 염증이 자리하고 있는 것이다. 어쩌면 여기가 그의 시적 화행(話行)이 좌절하는 장소일지도 모르겠다.

이 정도면 나도 쓰겠다 싶어서 시를 쓰기 시작했다 온몸으로 쓰기 시작했다 줄넘기 장난도 해 보고 나타와 안정을 뒤집어엎듯이 폭포처럼 술을 마시고 바람이 불면 불기도 전에 풀처럼 눕고 발목까지 발밑까지 발바닥까지 눕고 누웠다가 바람보다 더 빨리 일어나 웃고 실실 웃고 닭이라도 쳐야 하나 고민하다가 그건 너무 심란해서 일단 보류 이사벨라 버드 비숍 여사와 연애도 하고 인환이는 별거 아니라고 가소롭게 보고 보그 잡지도 영문판으로 쓱쓱 넘겨보다가 미국 놈들 좆대강이나 빨아라에서 멈췄다 도무지 흉내 낼 수 없는 동작 너무나도 선명한 이미지 여기서 미국 놈은 내가 아

는 그 미국 놈 좆대강도 그 좆대강 빨아라도 빨아라 어려운
말도 없이 단어 하나하나가 살아 움직이는 듯하면서도 그것
들이 결합하여 문장이 되었을 때 더더욱 문제적인 정치적인
과감한 불굴의 소시민성 앞에서 나는 밤새 머뭇거렸다 나도
말할 수 있는가 나도 정면을 보면서 또박또박 내 입으로 소
리 내어 말할 수 있는가 미국 놈들 좆대강이나 빨아라
　　　　　　　　　　　　　　　—「김수영 시를 보고」 전문

　김수영의 시를 읽은 뒤 "이 정도면 나도 쓰겠다"는 호기
가 급정지한 곳은 "미국 놈들 좆대강이나 빨아라"라는 속어
에서이다. 그 이유를 추정하는 단서는 "도무지 흉내 낼 수
없는 동작"에서 찾을 수 있다. 도무지 흉내 낼 수 없는 것이
'말'이 아니라 "동작"이라는 사실에 유의하자. 이는 그의 호
기가 언어의 층위뿐만 아니라, 내용을 행동으로 옮기는 화
행의 층위에 자리하고 있음을 암시한다. "온몸으로 쓰기 시
작했다"는 말은 말 그대로 발화의 내용을 몸으로 행위하고
있음을 보여 준다. 그러니까 그가 급정지한 곳은 "온몸"의
행위의 "표절"이 불가능한 지점인 것이다. 흥미롭게도 그는
이곳에서 "정치적인 과감한 불굴의 소시민성"을 발굴해 낸
다. 이것이 진품인지 아닌지는 미지이나, 여기에서 김수영
과 자신의 "소시민성"의 차이를 발견하고 있음은 분명해 보
인다. 즉 그는 자신의 "소시민성"이 비정치적이고 과감하지
도 않으며 비굴하다는 것을 우회적으로 표현하고 있는 것
이다. 그리고 여기에 "소시민성"을 게시하는 박순원식 시

쓰기의 특이점이 내장되어 있다. 이때 우리가 발굴해야 할 것은 그가 얼마나 속물적인가라는 발화의 외피가 아니라, '소시민'의 정치와 과감과 불굴의 가능성임은 재론의 여지가 없다.

증가하는 판돈: 깨달음의 세계

판돈이 증가할수록 포커페이스를 유지하는 것은 어렵다. 이는 '노름'이 입증하는 바이다. 그럼, 득도(得道)하지 않았음을 가장(假裝)하는 일은 어떤가? 득도의 가장이 아니라는 점에 유의하라.

다른 사람들이 내가 깨달음을 얻었다는 것을 눈치 채지 못하게 하는 것이 가장 중요하다 내 주위에도 깨달음을 얻었지만 무척 조심해서 누가 봐도 전혀 알아볼 수 없도록 심상하게 사시는 분들이 몇몇 있다 내가 눈치 채는 순간 그분들의 깨달음이 수포로 돌아갈 수 있어 나는 되도록 조심하는 편이지만 가끔 눈치 없이 헛다리를 짚었다가 깨달음을 통째로 날리신 분들이 있다 나도 내가 깨달았다는 것을 아는 순간 도로아미타불 도로아미타불 나 자신에게도 여간 조심스럽지 않다 최대한 깨닫지 않은 것처럼 살며 나 스스로 최면을 건다 나는 깨닫지 않았다 나는 깨달음이 없다 나는 깨달음 언저리에도 닿을 수 없다 깨달음 깨달음 깨달음 음냐 음냐

—「깨달음을 얻었을 때」 전문

이 기묘한 "깨달음"의 가장으로부터 우리가 깨닫게 되는 것은 "깨달음"을 유지하는 비법이 아니라 "깨달음"의 불가능성이다. 왜냐하면 "깨달음"을 유지하기 위해서는 그것을 가장해야 하는데, 이는 타인에게는 가능하지만 자기 자신에게는 불가능하기 때문이다. 다시 말해, "다른 사람들이 내가 깨달음을 얻었다는 것을 눈치 채지 못하게 하는 것"이라는 타인에 대한 위장술은 불가능한 일이 아니지만, "최대한 깨닫지 않은 것처럼 살며 나 스스로 최면을 건다"는 자기 자신에 대한 위장술은 가능한 일이 아니다. 여기에는 "나도 내가 깨달았다는 것을 아는 순간 도로아미타불 도로아미타불"이라는 전제의 모순이 내재해 있다. 그 어떤 "최면"이든, "깨달음"을 유지하는 전제에 비추어 본다면, "깨달음"을 모른 채 그것을 가장하는 것은 불가능한 일이다.

위의 다변은 그러한 불가능성을 누설한다. "최면"은 가장과 은폐를 의도하지만 실제적 결과는 폭로와 누설일 따름이다. 이로부터 도출되는 것은 "음냐 음냐"라는 모순에 봉착한 자의 탄식뿐이다. 시인 이상이 좌절한 곳이기도 한 이러한 순환의 고리에서 벗어나는 방법은 없는가? "깨달음"이 오기 전에 그것을 쫓아내는 것은 하나의 방법이 될 수 있을까? 가장과 최면으로서의 "심상"이 아니라, "심상" 자체를 통해 "깨달음"을 원천 봉쇄하는 것은? 만약, "나는 깨닫지 않았다 나는 깨달음이 없다 나는 깨달음 언저리에도 닿을 수 없다"가 "깨달음"을 지키는 옹성(甕城)의 주문이 아니라 입성(入城)을 막는 방법이라면, 이는 "심상"하게 사는 일, 곧 "깨달음" 없이 사는 일의 새로운 의의를 넌지시 유출한다. 그가 시작을 통해 정산하고자 하는 바가 여기에서 크게 멀지 않다.

눈 눈 눈 눈 눈

눈 눈 눈 目 눈

눈 雪 눈 눈 눈

* 눈 눈 눈 눈 눈길

비 비 비 비 비

비 雨 비 비 비

非 비 비 비 비

비 비 비 悲 비 빗길

—「눈・비」 전문

눈발 사이로 미끄러지는 기표들("目, 雪, *")과 비 사이로

막가는 기표들("雨, 非, 悲")은 '눈길의 위태'와 '빗길의 아슬'을 언표한다. 여기에 언어의 길을 가는 자의 '눈("目")'과 슬픔("悲")이 숨어 있다. 하여 분분히 흩날리는 눈발들과 흐르는 빗방울들은 언어에서 길을 찾는 자의 눈물방울이 아닐 이유가 없다. 이러한 발화 방식은, "이 시는 포동포동이/불러 주었고 내가 받아/적었다"(『포동포동』)와 연장선상에 있다. "아아이십삼 아아십칠 아아삼십칠 아아나비 아아범나비 아아호랑나비 아아모시흰점나비"(『믿음이 약한 자들』)에 나타난 소수(素數)의 연상은 왜 아니겠는가? 이들 시편들은 "단어가 지닌 의미를 소거하고 소거하고 소거해서 시를 음악처럼 비처럼 만들 것"(『일곱 시간』)을 겨냥하고 있다는 점에서 공통점을 찾을 수 있다. 이는 "마작"(『부처님 오신 날』)에 투자되고 있는 것이 단지 휴일의 시간만이 아님을 암시한다. "초현실주의자 행세"이든 "깨달음"의 가장이든, 이러한 시작술은 모두 한 가지 사실을 '불발된 침묵'으로 누설하는 것처럼 보인다. 곧 주체성의 정산. "아무것도 모른다 모르고 싶다 나는"(『일곱 시간』)이 티 나게 보여 주듯, 시적 발화는 "행세"와 "가장"에 이르러 주체성의 소거로 귀결되고 있다.

그러니 여기에 걸린 판돈은 정확히 얼마인가? 이번 네 번째 시집에 이르러 판돈은 판이 감당할 수 없을 정도로 커진 것처럼 보인다. 감당할 수 있을 때는 '놀이'이지만, 감당할 수 없을 지경에 이르러서는 '노름'이 된다는 것을 자각하기는 쉽지 않다. 정치성을 건 '몸부림'이 주체성을 건 '말부림'으로 전변될 때, 그것이 '구운몽'이 될지 '칼부림'으로

결판날지는 미지이다. 그러니 그것을 지켜보는 자의 마음이 어찌 소태가 아닐 수 있겠는가. 여기에서 판을 되돌릴 수 없다는 사실은 분명해 보인다. 파토가 나기를 바라는 마음도 예의는 아니다. 하여 판에 충실하기를 바라는 마음만이 가득하다. 고백하건대, 이 마음은 더 큰 판돈을 걸었으면 좋겠다는 마음과 다르지 않다. '손목아지'는 어떻고 '조강지처'는 또 어떤가? '정규직'도 빼놓지는 말자. 꾼들의 세계에서라면 이는 충분히 가능한 일이 아닌가? 이러한 염원은 이 판에서 큰돈을 따거나 잃기를 바라는 마음과는 전혀 무관하다. 단 하나, 혹시 잊지 않았다면, 이번 판에 "목숨을 건 비약"이 달렸음을 잊지 않기를 바라는 마음에서이다. 이것이 이 글의 '불발된 침묵'이다.